天山樓

천산루

조도형 新武俠 판타지 소설

FANTASTIC ORIENTAL HEROES

천산루 1

조돈형 新무협 판타지 소설

초판 1쇄 찍은 날 § 2014년 6월 23일
초판 1쇄 펴낸 날 § 2014년 6월 30일

지은이 § 조돈형
펴낸이 § 서경석

편집부장 § 권태완
편집책임 § 박은정

펴낸곳 § 도서출판 청어람
등록번호 § 제387-1999-000006호
등록일자 § 1999. 5. 31
어람번호 § 제2-2508호

주소 § 경기도 부천시 원미구 부일로 483번길 40 서경B/D 3F (우) 420-822
전화 § 032-656-4452 팩스 § 032-656-4453
http://www.chungeoram.com
E-mail § chungeorambook@daum.net

ISBN 979-11-316-9084-0 04810
ISBN 979-11-316-9083-3 (세트)

천산루

天山樓

조도형 新무협 판타지 소설

FANTASTIC ORIENTAL HEROES

1

도서출판 청어람

天山樓

천산루

작가 서문

어려서부터 무협을 좋아하던 독자로 시작하여 첫 작품인 '궁귀검신'을 선보인지 햇수로 어느덧 14년이란 시간이 흘렀습니다.

돌이켜 보면 그다지 오랜 세월이 흐른 것 같지 않건만 이십 중반의 혈기왕성한 청년이 어느덧 두 아이를 둔 아빠가 되었고 사십을 눈앞에 두고 있으니 세월 참 무상합니다.

함께 글을 쓰며 수많은 이야기로 밤을 지새우던 동료, 선후배님들과의 즐거운 기억들도 점점 그리운 추억이 되어가고 있습니다.

변하지 않은 것은 여전히 제가 글을 쓰고 있다는 것인데 요즘 들어 왠지 뿌듯하면서도 외롭고 서글픈 감정도 드는군요.

그래도 이 길에 들어선 것을 후회해 본 적은 단 한 번도 없습니다. 좋아하는 것을 할 수 있다는 것은 분명 축복이니까요. 그것이 때로는 고통스런 축복일지라도요.

전작 '장강삼협'을 마무리 짓고 새롭게 글을 시작합니다.

늘 그렇듯 두려운 마음이 앞서지만 최선을 다해 이야기를 풀어보겠습니다.

독자님들의 따뜻한 관심과 사랑을 부탁드립니다.

1장

무영도(無影島)

폭풍이 몰아치고 있는 바닷가.

진유검(陳流劍)은 갯바위에 걸터앉아 미쳐 날뛰는 바다를 우두커니 바라보고 있었다.

집채만 한 파도가 거칠고 매섭게 바위를 때리고 자칫하면 파도에 흔적도 없이 쓸려갈 수 있는 위험천만한 상황임에도 전혀 개의치 않는 것이 마치 정신줄을 놓고 있는 듯 보였다.

"후우~"

진유검의 입에서 짙은 한숨이 흘러나왔다.

갯바위에 오른 지 반 시진이 흘렀고 애써 평정심을 회복해

보려고 하였으나 여전히 마음이 편해지지 않았다. 나오니 그저 한숨뿐이었다.

  아버지는 풍랑에 돌아가신 것이 아니다.

  사부이자 정신적 지주셨던 작은할아버지가 남기신 유언대로 바다에 보내드리고 겨우 마음을 추스르고 있을 때 어머니에게 전해 들은 말은 단순한 충격을 넘어 정신적으로 큰 혼란을 가져왔다.

  진유검의 입에서 또다시 한숨이 흘러나왔다.

  유난히 거친 파도가 갯바위를 때리고 그 여파로 몸이 흠뻑 젖을 때 진유검의 등 뒤로 한 청년이 다가왔다.

  훤칠한 키에 조각같이 매끈한 피부, 오똑한 콧날하며 우수에 젖은 눈동자가 실로 매력적이다.

  "아직도냐?"

  섬에서 마음을 터놓고 지내는 유일한 친구 독고무(獨孤武)의 등장에 진유검의 굳었던 얼굴이 살짝 펴졌다.

  "뭐가 뭔지 모르겠다."

  독고무가 혀를 차며 들고 있던 술병을 흔들었다.

  "마실래?"

  "독주가 아니면 소용없다."

진유검이 아직까지도 파도에 휩쓸리지 않은 발밑의 술병을 툭 건드리며 말했다.

"벌써 수십 병을 마셨는데 취하기는커녕 정신만 더 멀쩡해지는 느낌이야."

"기운 빠지는 소리를 하는 걸 보니 힘들긴 힘든 모양이다. 그래도 마셔봐. 이건 좀 다를 테니까."

"그렇다면야."

진유검은 사양하지 않고 술병을 받았다. 그리고 단숨에 병을 비웠다.

이전과는 비교할 수도 없는 독한 기운이 식도를 타고 위속으로 빨려 들어갔다.

뭔가 후끈한 느낌.

"조금 낫네."

진유검이 덮쳐오는 파도를 향해 술병을 던지며 말했다.

"한 잔만 마셔도 사흘을 취해 쓰러진다는 천일취(千一醉)를 병째로 마신 놈이 할 소리는 아니다만."

"천일취? 조금 독하기는 해도 그런 이름이 붙을 정도는 아닌 것 같은데."

"네가 이상한 거야. 살짝 맛만 본 놈은 저 꼴이 되었다."

독고무가 모래사장 뒤쪽의 나무에 기대어 정신없이 졸고 있는 전풍(田風)을 가리키며 말했다.

"저 화상이야 애당초 술에 관해선 젬병이고."

"술만?"

"음, 술뿐만이 아니군. 너무 많아서 기억하기가 버거워."

"부인할 수 없는 사실이지."

진유검과 독고무가 마주 보며 웃었다.

웃음이 사라질 즈음 진유검이 물었다.

"너도 알고 있었냐?"

진유검의 눈동자를 가만히 바라보던 독고무가 무거운 표정으로 고개를 끄덕였다.

"그랬군."

"미안하다."

독고무가 진심으로 사과했다.

"아니. 사과할 필요는 없다. 어머니도 사실대로 말씀하지 못하신 것을 네가 어찌 말해. 그런데 작은할아버지지?"

"그래, 잠시만 비밀을 지켜달라고 당부하시더라. 그 잠깐이 삼 년일 줄은 생각도 못했지만."

"후~ 그러게."

진유검이 씁쓸히 웃었다.

"사실 당시에는 나 또한 제대로 알지는 못했다. 그저 무황성(武皇城)에 혼란이 오면서 네 부모님은 물론이고 가문이 위험에 빠졌다는 것 정도만 확인을 했지. 사실 그때는 세부적으

로 어떤 문제가 얽힌 것인지 파악할 수 있을 정도로 제대로
된 정보망이 갖춰지지 않아서 말이야."

"지금은 그 내막을 제대로 파악을 하고 있다는 말이네."

"확실하진 않아. 그래도 어느 정도 파악하기는 했다."

"그럼 얘기를 해 봐. 어머니를 통해서 대충은 전해 들었지
만 파악이 잘 안 돼. 네 말대로 그 안에 어떤 문제가 얽힌 것
인지 잘 모르겠다. 어떤 미친놈들이 다른 곳도 아니고 무황성
과 의협진가(義俠陳家)를 건드린 것인지 말이다. 그래야 복수
라는 것도 해보지."

순간, 독고무의 눈동자가 크게 흔들렸다.

"결심을 한 거냐?"

"결심을 하고 자시고 할 것도 없잖아. 불구대천(不俱戴天)!
자식 된 도리로써 의당 해야 할 의무라고나 할까. 어머니도
원하시는 것 같고."

"하지만 금제는… 설마?"

한없이 커진 눈. 독고무의 입이 쩍 벌어졌다.

"금제에서 자유롭지 못했다면 어머니는 아직도 침묵을 지
키고 계셨겠지."

진유검이 어깨를 으쓱였다.

"그렇… 구나."

"내 자유를 묶던 금제가 풀린 이상 지금 당장 움직여도 문

제될 것은 없어. 그런데 조금 이상한 느낌이다."

"뭐가?"

"생각만큼 슬픔이 크거나 화가 치솟지는 않아. 가슴 깊은 곳에서 이는 분노야 당연한 것이지만 어쩐지……."

그 역시도 정확하게 정의를 하지 못한 것인지 진유검은 말을 잇지 못했다.

"당연하지 않을까? 만약 처음부터 그 사실을 알았다면 지금처럼 담담하지는 못했을 거다. 아마도 당장 미쳐 날뛰었을 걸. 삼 년 전 네 모습을 생각해 봐. 근 한 달여를 폐인처럼 지냈잖아. 나는 물론이고 섬에 있는 모두가 네가 그렇게 쉽게 무너질 줄은 상상도 못했었다."

"그랬냐? 하긴 내가 못난 꼴을 많이 보였지. 생각해 보면 몇 년에 한 번. 그것도 열흘 남짓 만날 수 있었던 아버지였던 지라 그만큼 간절하고 애틋했던 것 같다. 그랬기에 그 상실감 은……."

"안다. 아버지를 잃는다는 것이 어떤 심정인지는 나도 모르지 않아. 그래도 넌 운이 좋은 거다. 내가 반역자들에게 부모님을 잃고 이곳에 왔을 때가 몇 살인지 알지?"

"알지."

"지금 생각해 보면 네 덕분에 그래도 빨리 슬픔을 극복했던 것 같다."

"그랬냐?"

"그래."

애써 환한 표정을 지은 독고무가 손가락 세 개를 폈다.

"삼 년이다. 그 시간 동안 네 슬픔과 아버지에 대한 그리움이 조금씩 희석되었다고 보면 지금의 혼란스런 심정은 당연한 거야."

"그런가? 뭐, 네가 그렇다면 그런 거겠지."

"그래도 방심하진 마라. 막상 원수를 눈앞에 두면 지금은 조용히 잠자고 있는 분노가 미쳐 날뛸 수도 있으니까."

"그래, 그럴 수도 있겠다. 아무튼 정말 궁금하다. 대체 어떤 놈들이 아버지를, 본가를 공격했는지 말이야."

독고무는 착 가라앉은 진유검의 눈빛에서 그와 척을 진 자들이 스스로 얼마나 멍청한 짓을 했는지 알까 하는 의문을 가졌다.

결코 적으로 두지 말아야 할, 그야말로 최악의 상대를 원수로 만들었다는 사실을 말이다.

"언제 떠날 거냐?"

독고무의 뜬금없는 물음에 멈칫하던 진유검이 독고무가 했던 것처럼 손가락 세 개를 폈다.

"삼 일 후에."

"음, 생각보다 시간이 빡빡하네. 과거뿐만 아니라 현재까지의 상황을 세세하게 파악을 하려면 고생 좀 하겠어."

"삼 일 안에 가능하긴 하냐?"

진유검이 놀라 물었다.

"새롭게 조사를 하는 것도 아니고 이미 쌓인 정보를 취합하고 분석하는 정도니까 가능하지 싶다."

"그럼 부탁 좀 하자. 기왕이면 무림이 어찌 돌아가는지도 알았으면 좋겠다."

"그러지. 그런데 저놈도 데리고 갈 거냐?"

독고무가 아예 양팔을 허벅지 사이에 낀 채 쓰러져 자고 있는 전풍을 가리키며 물었다.

"아마도. 나야 그냥 떼놓고 가고 싶긴 한데 아마도 불가능하지 싶다."

진유검의 표정에서 더없이 떨떠름한 기색을 느낀 독고무가 절대적으로 이해한다는 얼굴로 고개를 끄덕였다.

"아무래도 그렇겠지."

진유검이 은근한 어조로 말했다.

"네가 뒷감당을 해준다면 혼자 갈 생각도……."

"그냥 데리고 가라."

전에 없이 냉정한 말투였다.

사흘 후, 무영도(無影島)에서 유일하게 배를 댈 수 있는 선착장에 제법 많은 사람이 모였다.

사시사철 거친 파도가 쉴 새 없이 몰아치는 무영도였지만 암석군이 초승달 모양으로 에워싸고 있는 선착장만큼은 파도의 영향에서 그런대로 벗어날 수 있었다.

"네가 부탁한 것은 항주에 도착하면 바로 받아볼 수 있게 조치해 뒀다. 떠나기 전에 준비하려고 했는데 생각보다 양이 많아서 그런지 쉽지 않네."

독고무가 미안해하자 진유검이 고개를 흔들었다.

"상관없다. 여기서 얻으나 거기나 얻으나 다를 건 없으니까. 나야 준비해 주는 것만으로도 고맙지."

진유검의 말에 불안한 표정으로 독고무의 등 뒤에 시립해 있던 중년인의 얼굴에 화색이 돌았다.

독고무의 명을 완벽하게 수행하지 못한 터라 진유검의 반응에 따라서 자신이 어떤 책망을 받게 될지 마음을 졸이고 있었던 것이다.

"그런데 너는 언제쯤 움직일 생각이냐? 요즘 보니까 대충 준비는 되어 가는 것 같던데."

진유검이 독고무와 그 주변에 있는 노인들, 그리고 선착장에 모습을 드러내고 있지는 않았지만 완벽한 포진으로 독고무를 보호하고 있는 그림자들을 둘러보며 물었다.

"아직 충분하지 않아. 무엇보다 내가 준비가 되지 않았어.

그래도 조만간 움직일 생각이다. 너도 떠나고 저놈도 가고 나면 혼자 심심해서 버틸 수 있을 것 같지 않아."

독고무가 잔뜩 등이 굽은 노인으로부터 한참 잔소리를 듣고 있는 전풍을 힐끗 바라보며 말했다.

"알아서 잘하겠지만 너무 조급해하지는 마라. 무리하다가 아차 하면 심마(心魔)에 빠진다."

"음."

"뭐, 그렇다고 너무 걱정하지는 말고. 심마에 빠졌다가 극복하는 것도 하나의 방법은 되니까."

진유검은 별것 아니라는 듯 말했지만 심마를 극복하는 것이 얼마나 힘들고 요원한 일인지 잘 알고 있던 이들은 너나할 것 없이 어이가 없다는 반응이었다.

하지만 독고무만은 그의 말을 진지하게 받아들였다.

"도저히 안 된다고 생각되면 네 의견도 고려해 봐야겠다."

"소존(少尊)!"

독고무의 좌측에 있던 애꾸 노인이 기겁하며 소리쳤다.

독고무는 고개조차 돌리지 않고 물었다.

"그런데 어머님은? 나오시지 않는 거냐?"

"아침 일찍부터 귀왕사(歸往寺)에 가셨다. 인사는 미리 드렸고."

"그러셨구나. 막상 네가 떠난다고 하니 마음이 편치 않으신 모양이다."

"섬을 나가는 목적이 좋은 것은 아니니까. 걱정도 하시는 것 같고."

진유검이 씁쓸히 웃었다.

"걱정은 네가 아니라 저쪽에 있는 자들이라는 것을 확실히 말씀드려야겠다."

독고무가 육지를 향해 고갯짓을 하며 웃었다.

"어쨌든 네가 섬을 떠날 때까지 만이라도 어머니 좀 부탁하자."

"걱정하지 마라. 네 녀석보다 더 잘 모실 테니까."

"그리고 하나 더. 네 목표도 중요하지만 난 무영도가 평온했으면 좋겠다."

독고무의 표정이 살짝 굳었다.

특히 주변 인물들의 반응이 조금은 격해졌다.

"그건 공자께서 신경 쓰실 일이 아니……."

후미에 서 있던 사내의 호기로운 외침은 애꾸 노인의 살벌한 눈짓에 금방 막혔다.

진유검은 그들의 반응에 개의치 않고 부드럽게 말했다.

"우리의 고향 같은 곧 아니냐. 자의든 타의든 이곳에 정착한 이들도 그렇고."

"그건 걱정하지 마. 온 세상이 뒤집어진다고 해도 무영도는 아니다."

독고무는 언제 흠칫거렸느냐는 듯 흔쾌히 고개를 끄덕였다.

그때였다.

"걱정? 걱정을 왜 해요. 내가 주군을 모시고 가는데."

할아버지의 잔소리로부터 힘겹게 빠져나온 전풍이 겨우 앞의 한 단어를 알아듣고는 끼어들었다.

"난 형님이 걱정이요. 떨거지들 몇 데리고 뭔 일을 도모하려는지는 몰라도 영 불안해."

졸지에 떨거지로 전락한 이들이 눈에 불을 켜며 전풍을 노려보았지만 그 정도에 흔들릴 전풍이 아니었다.

"아무튼 곤란한 일이라도 생기면 재빨리 연락해요. 바람처럼 달려갈 테니까."

"어련하려고."

골치 아픈 표정으로 고개를 돌린 독고무가 동정 어린 눈빛으로 진유검을 바라보았다.

"이놈아! 뭐가 바람처럼 달려가! 네놈의 임무가 소주 곁을 지키는 것임을 잊은 것이냐?"

오 척 단구에 그나마 허리까지 잔뜩 굽어 더욱 작게 보이는 노인이 들고 있던 곰방대로 전풍의 머리통을 후려쳤다.

"어이쿠! 할배!"

전풍이 오만상을 찌푸리며 뒷걸음질 쳤다.

"그리고 형님이라니! 독고 공자께선 소주의 친구분이다. 어디서 맞먹으려고 들어."

노인이 노여움에 몸을 떨었지만 독고무를 힐끗 살핀 전풍은 노인의 호통에도 콧방귀를 낄 뿐이었다.

"주군은 주군이고 형님은 형님이지. 안 그렇소?"

전풍이 노려보며 묻자 독고무가 어깨를 으쓱거렸다.

"누가 뭐랬냐? 난 아무 말도 안 했다."

"봤지. 형님도 인정하잖아."

전풍이 득의양양하여 말하자 이를 바라보는 노인의 얼굴이 더욱 붉어졌다.

"이놈이 그래도!"

곰방대를 거칠게 휘두르며 전풍을 향해 달려가는 노인을 보다 못한 진유검이 말리고 나섰다.

"할아범."

"예, 소주."

언제 흥분을 했느냐는 듯 고개를 숙이는 노인의 태도는 더 없이 공손했다.

"다녀올 테니까 어머니를 부탁해."

"염려 마십시오, 소주. 이곳의 일은 이 늙은이에게 맡기시고 부디 무사히 다녀오십시오."

노인이 절이라도 할 기세로 몸을 낮추었다.

"할아범도 잘 지내고. 할아범과 어머니를 두고 가려니 영 발이 떨어지지 않네."

"소, 소주……."

노인이 감격에 몸을 떨자 더 이상 보기 심란했던 전풍이 진 유검의 팔을 확 잡아챘다.

"주군. 이제 그만 갑시다."

"풍아, 소주 잘 모시고……."

"걱정 붙들어 매시라니까요. 우리 걱정 말고 할배 몸이나 챙기라고. 손자 몰래 감춰둔 음식들 맛나게 드시고 또 쌀쌀한 아침에 돌아다니다가 괜히 풍이나 맞지 말고."

퉁명스레 내뱉는 전풍의 말엔 혼자 남을 할아버지에 대한 걱정이 가득했다.

"쓸데없는 걱정은! 네놈은 그저 소주를 잘 모시기만 하면 되는 것이라니까."

"아, 진짜! 걱정을 해두 뭐라고 한다니까."

전풍이 버럭 신경질을 냈다.

이후에도 한참이나 투닥거리며 이어지던 두 사람의 대화 는 결국 전풍이 심란한 표정으로 고개를 돌리고 훌쩍 배에 오 르며 끝이 났다.

"다시 만날 때는 저곳이 되겠지?"

진유검이 서쪽을 하늘을 가리키며 물었다.

"그렇겠지. 섬을 떠나도 금방 만나지는 못할 것 같다. 아무래도 해야 하는 일이 서로 다르니까."

"몸조심해라."

진유검이 독고무의 어깨를 툭 치며 말했다.

"너도."

말을 하던 독고무가 피식 웃고 말았다.

애당초 몸조심이라는 말이 전혀 어울리지 않는 괴물이 아니던가.

"풍이 말대로 도움이 필요하면 언제든지 연락하고."

"그런 일은 없을 거다. 하지만 정말 그런 상황이 발생하면 주저없이 부르마. 귀찮다고 외면하지나 마라."

뱃머리에서 그 말을 들은 전풍이 심란해하던 표정을 싹 바꾸며 소리쳤다.

"그건 걱정하지 마요. 그럴 땐 내가 주군의 다리몽둥이를 부러뜨려서라도 데리고 갈 테니까."

무례하기 그지없는 말에 노인이 두 눈을 치켜뜰 때 독고무가 선착장이 떠나가라 웃어젖혔다.

"하하하! 그래. 너만 믿는다, 전풍!"

*　　　*　　　*

순풍에 힘이 실린 듯 선착장을 떠난 배는 거친 파도를 곡예하듯 타고 넘으며 순조롭게 나아갔다.

진유검과 전풍을 태운 배가 지평선 너머로 사라질 즈음 더없이 심란한 얼굴로 배를 지켜보던 노인은 마님이 걱정이 된다면서 종종걸음으로 귀왕사로 향했다.

노인을 따라 진유검을 마중 나왔던 이들까지 선착장을 떠나자 남은 이는 독고무와 그를 따르는 무리뿐이었다.

"항주까지 며칠이나 걸리지?"

독고무의 물음에 외꾸 노인, 무림에선 혈륜전마(血輪戰魔)라 불리는 노인이 공손히 대답했다.

"바다의 상태에 따라 달라지겠으나 꼬박 하루는 움직여야 할 겁니다."

"별일 없겠지?"

"예, 진 공자님의 당부대로 큰 배는 아니나 단단하고 안전한 배입니다. 배에 승선한 선장과 선원들 또한 저마다 최고의 경험을 지닌 자들로 배치했으니 너무 염려하지 마십시오."

"애썼어."

치하의 말을 던진 독고무의 시선이 혈륜전마 뒤에 서 있는 중년인에게 향했다.

"준비하라는 것은?"

"항주 지부장이 대기하고 있습니다. 진 공자께서 항주에 도착하시는 즉시 원하시는 모든 정보를 얻으실 수 있도록 조치해 두었습니다."

독고무의 명령을 제 시간에 해내지 못한 막심초(莫深硝)는 불안한 얼굴로 독고무의 말을 기다렸다.

"수고했다. 그리고 이곳에 오기 전에 했던 말은 마음에 담아두지 말고 넘어가."

"제 잘못이었습니다."

"아니. 늦을 수도 있어. 실패할 수도 있고. 앞으로도 최선을 다했다면 그런 일로 책망을 하지는 않는다. 하지만 녀석이 처음으로 부탁한 일이라 내가 조금 예민했어. 막 당주가 이해해."

"아, 아닙니다, 소존."

독고무의 진솔한 사과에 막심초가 황망한 표정으로 무릎을 꿇었다.

"됐다니까."

독고무가 가벼운 손짓으로 막심초를 일으켜 세웠다.

"그건 그렇고."

천천히 시선을 돌리는 독고무의 표정에 차가운 살기가 일기 시작했다.

독고무가 후미에 서 있는 수하 중 하나에게 시선을 고정시켰다. 방금 전, 진유검의 말에 토를 달던 자였다.

"네놈!"

독고무가 손을 뻗자 그가 지목한 수하의 몸이 그대로 빨려왔다.

그야말로 가공할 허공섭물(虛空攝物)!

"아까 뭐라고 지껄였지?"

독고무의 기세에 하얗게 질린 사내는 물음에 답하지 못했다.

혈륜전마가 재빨리 나섰다.

"소존! 부디 자비를 베푸십시오. 섬에 들어온 지 얼마 되지 않는 녀석입니다."

하지만 독고무의 노기는 가라앉지 않았다.

"설사 뚫린 입이라도 지껄여야 할 말이 있고 지껄이지 말아야 할 말이 있는 법이다. 한데 네놈이 감히 누구를 가르치려 드는 거냐?"

독고무의 전신에서 피어오른 살기는 사내는 물론이고 주변에 모인 모든 이를 두려움에 떨게 만들었다.

"모든 것이 수하를 제대로 관리하지 못한 제 잘못입니다. 저를 벌하여 주십시오."

사내의 직계 상관이 나서서 무릎을 꿇었다.

그를 보는 독고무의 눈빛이 살벌해지자 혈륜전마가 다시

금 간청을 올렸다.

"소존! 부디 자비를!"

"……."

"소존!"

거듭되는 혈륜전마의 청을 외면할 수 없었던 독고무가 차갑게 말했다.

"이번 한 번뿐이다. 차후에도 이런 일이 있다면 그 누구도 용서치 않는다. 알았나?"

"명심하겠습니다."

수하들의 대답에 전신에서 뿜어 나오던 살기를 조금 누그러뜨린 독고무가 이미 혼절하여 축 늘어진 사내를 아무렇게나 집어던졌다.

"혈륜전마."

"예, 소존."

"아까 녀석이 한 말 들었지?"

"예."

"그리고 내가 약속했고. 무영도는 평온해야 한다."

"명심하겠습니다."

그의 대답에 만족한 것인지 바다 쪽으로 살짝 시선을 두었던 독고무가 빙글 몸을 돌렸다.

한데 공손히 고개를 숙이고 있던 혈륜전마의 얼굴엔 대답과는 달리 아쉬움이 가득했다.

절강성 동북부 앞바다에서 시작하는, 크고 작은 수천 개의 섬으로 이뤄진 주산군도(舟山群島)에서 그야말로 가장 외곽에 위치한 무영도는 사람들에게도 거의 알려지지 않은 신비의 섬이었다.

주변의 해류는 늘 폭풍이 이는 것처럼 거칠었고 시도 때도 없이 끼는 해무(海霧)와 곳곳의 암초는 인근 바다를 아예 죽음의 해역으로 만들었다.

주산군도를 본거지로 하여 날뛰는 해적들조차도 감히 찾아올 엄두를 내지 못하는 절해고도(絶海孤島)가 바로 무영도였으니 대업을 준비하는 곳으로 이만한 장소가 없었다.

물론 지금도 무영도를 이용하여 세력을 키우고는 있었지만 아직도 이용할 여지가 충분한 곳이 무영도였다.

그걸 포기하라는 명이었으니 조금은 답답했다.

문득 여덟 살 어린 나이의 소존을 안고 홀로 무영도에 도착한 자신에게 흔쾌히 땅을 내주던 도주의 얼굴이 떠올랐다.

도주는 자신들은 물론이고 이후에도 하나둘씩 모여드는 동료, 수하들의 행보도 묵인해 주었다.

'처음엔 때가 되면 무영도를 접수하려고 했었지.'

혈류전마가 쓰게 웃었다.

그는 자신도 모르게 목을 쓰다듬었다.

'천하를 죽음의 공포로 몰아넣었던 밤의 제왕이 조용히 은 퇴하여 한낱 땡중 흉내를 내고 있음을 누가 상상이나 할까.'

귀왕사 주지를 떠올리는 혈륜전마의 몸이 자신도 모르게 살짝 떨렸다.

'그래. 과욕은 화를 부르는 법.'

혈륜전마는 이내 욕심을 버렸다.

독고무를 설득하려는 마음 또한 접었다.

"그나저나 정말 궁금하군. 복수를 위해 섬을 떠난 의협진 가의 후손이 과연 무림에 어떤 평지풍파를 불러올 것인지 말 이야."

혈륜전마의 시선이 시야에서 사라진 배를 쫓아 잠시 움직 였다.

"뭐, 차차 알게 되겠지. 무림이나 노부나."

피식 웃은 혈륜전마는 처소로 돌아가는 독고무를 따라 미 련없이 몸을 돌렸다.

*　　　*　　　*

"저곳이 항주입니다."

선장이 새벽이 다가옴에도 불야성을 이루고 있는 항주의 하늘을 가리키며 말했다.

열흘 가까이 이어졌던 폭풍이 사라지고 평온하게 변한 바다 덕인지 아니면 배를 움직이는 선장과 선원들의 능력이 뛰어난 것인지 진유검과 전풍을 태운 배는 목적지인 항주에 무사히 도착할 수 있었다.

정오 무렵에 출발하여 새벽녘에 도착했으니 예상보다 최소한 반나절은 빠른 속도였다.

운행 도중 몇 번의 불청객을 만나기는 했으나 어느 누구도 돛 위에서 펄럭이는 '天'의 깃발을 보고는 감히 접근할 생각을 하지 못했다.

"수고했습니다."

진유검의 한 마디에 선장이 황송하다는 표정과 함께 허리를 꺾었다.

"아닙니다. 공자님을 모실 수 있어서 영광이었습니다."

얼굴에서 가식은 찾아볼 수 없었다.

선장은 하늘과 같은 독고무의 친우를 직접 모실 수 있었다는 것을 진심으로 기뻐하고 있었다.

선잠을 청하다 항주에 도착했다는 말을 듣고 하품을 하며 다가오던 전풍은 극도의 예를 표하는 선장의 모습에 낄낄대며 웃었다.

"흐흐흐! 기생오라비처럼 생겼어도 독고 형님이 그래도 수하들은 제법 잘 부립니다."

독고무를 무시하는 전풍의 말에 선장을 비롯하여 선원들의 표정이 분노로 일그러졌지만 딱히 반발을 하는 사람은 없었다.

무영도에서부터 전풍이 어떤 인물인지 정확하게 알고 있었고 결코 인정하고 싶지는 않으나 그가 독고무의 아우라는 것 또한 부인할 수 없는 사실이기 때문이었다.

선장의 안내를 받으며 배에서 내린 진유검은 곧 낯익은 중년인을 보게 되었다.

"어서 오십시오, 공자님. 기다리고 있습니다."

복천회(復天會) 항주 지부장 도윤(途輪)이 정중하게 허리를 숙이자 그를 따라온 수하들도 일제히 예를 표했다.

"와! 이게 누굽니까? 도 아저씨! 항주에서 저를 기다리고 있다는 사람이 아저씨였군요."

진유검이 반가운 얼굴로 말했다.

"소존께 듣지 않으셨습니까?"

"예, 애당초 그런 자세한 얘기를 할 녀석도 아니지요. 그나저나 오랜만입니다. 섬을 떠나고 한 사 년 되었나요?"

"사 년하고 이 개월째입니다. 그리고 부디 말씀 편히 해주십시오."

"제가 편한 대로 대하겠다고 정리가 된 사안으로 압니다만. 녀석도 허락을 했고요."

"하지만……."

도윤이 한숨을 내쉴 때 무영도에서 그와 제법 친분이 두터웠던 전풍이 재빨리 끼어들었다.

"걱정하지 말라고요. 막 대해 줄 사람이 필요하다면 내가 언제든지 그렇게 해줄 테니까."

"됐다. 이놈아! 공자님은 몰라도 네놈은 아니다."

도윤이 가소롭다는 듯 콧방귀를 뀌었다.

한데 그가 진유검과 전풍을 대하는 태도가 하늘과 땅 차이다.

전풍이 독고무와 호형호제(呼兄呼弟)한다는 것을 감안하면 상당히 놀라운 일이라 할 수 있었지만 그 또한 독고무가 묵인한 일이었다.

"그나저나 놀랍구나. 그때만 해도 꼬마였는데 언제 이렇게 큰 것인지."

도윤은 섬을 떠날 때 자신보다 한 뼘은 작았던 전풍이 사년 만에 머리 하나는 더 큰 건장한 청년으로 성장한 것이 놀라우면서도 대견했다.

"흐흐흐! 키만 큰 건 아니라오. 한번 보실라우?"

전풍이 음흉한 웃음을 흘리며 아랫도리를 앞으로 쑥 내밀었다.

어이없다는 눈으로 바라보던 도윤이 고개를 설레설레 내

저었다.

"미친놈. 몸만 크고 머리는 아예 성장을 멈췄구나."

퉁명스레 쏘아붙인 도윤이 진유검에게 고개를 돌렸다.

"가시지요. 마차를 준비했습니다."

"예, 그런데 이렇게 공공연히 움직여도 되는 겁니까?"

"예? 무슨 말씀이신지."

"복천회를 지켜보는 천마신교(天魔神敎)의 눈이 꽤나 날카롭다고 들었습니다."

진유검의 말을 이해한 도윤이 부드럽게 미소 지었다.

"날카롭지요. 덕분에 많은 수하가 목숨을 잃고 있고요. 하지만 이곳 항주에서는 아닙니다."

"특별한 이유라도 있는 모양이군요."

"무황성의 지부가 항주에 있습니다. 천마신교의 위세가 아무리 대단하다고 해도 무황성에 비할 수는 없지요."

"그랬군요."

고개를 끄덕인 진유검은 도윤의 안내를 받으며 마차에 올랐다.

진유검과 전풍을 태운 마차는 이각여를 달려 항주에서 가장 유명한 기루 비선루(飛仙樓)에 도착을 했다.

항주 제일이라는 명성답게 전각의 규모나 아름다움이 주변의 여타 기루, 객점 등과 비교 자체를 불허했다.

특히 전각 앞에 세워진 한 쌍의 나신상(裸身像)은 생명이 깃들어 있다고 해도 믿을 수 있을 정도로 생동감이 넘쳤는데 육감적이며 자극적인 자세는 보는 이로 하여금 절로 숨을 들이켜게 만들었다.

"중원 최고의 색향이라더니만 이건 뭐 조각상까지 마음을 심란하게 만드네."

전풍은 한낱 조각상에 심장이 두근거리는 것이 부끄러운 것인지 아니면 진심으로 마음이 동한 것인지 슬며시 얼굴을 붉혔다.

"헛소리하지 말고 빨리 따라와. 한여름의 미친개처럼 할딱이지 말고."

도윤이 두 눈을 게슴츠레 뜨고 나신상을 바라보는 전풍의 팔을 낚아채며 말했다.

싫은 표정이 역력했던 전풍은 결국 복날 개처럼 끌려가야만 했다.

2장

후계자(後繼者)

　진유검과 전풍이 도윤을 따라 도착한 곳은 비선루에서도 가장 상층에 있는 극락실(極樂室)이었다.

　극히 일부의 고관대작과 거부에게만 제공된다는 특실답게 방 안은 온갖 기이한 보석과 명화(名畵), 고가의 장식품으로 치장되어 있었는데 하나하나가 값어치를 평할 수 없을 정도로 귀한 것들뿐이었다.

　자단목(紫檀木)으로 만들어진 탁자와 황금으로 만들어진 다기(茶器), 서역에서 들여온 양탄자, 온옥(溫玉)에 비단금침을 덮은 침상은 오직 황제만이 누릴 수 있는 호사였다.

시중을 드는 기녀들은 물론이고 허드렛일을 하는 시녀들까지도 미인이 아닌 사람이 없었는데 특히나 입고 있는 것이라 봐야 속이 훤히 비치는 나삼(羅衫) 하나뿐이었으니 꽃을 찾아온 나비에겐 극락이 따로 없었다.

"흐흐흐! 이곳에 극락이 있었구려."

전풍은 눈이 휙휙 돌아가는 광경에 침을 질질 흘리며 정신을 차리지 못했다.

그에 반해 천천히 방 안을 둘러보는 진유검의 표정에는 별다른 변화가 없었다.

지금껏 접해보지 못한 광경이었기에 그저 약간의 호기심만 드러낼 뿐이었다.

'역시.'

극과 극이라 할 수 있는 전풍과 진유검의 반응을 살피던 도윤은 감탄을 금치 못했다.

극락전을 경험한 이들 중 진유검처럼 무덤덤한 반응을 보인 사람 몇이나 있었는지를 떠올려 보았다.

그야말로 손에 꼽을 정도였다.

"아직 새벽입니다. 바닷길에 피곤도 하실 텐데 아이들의 시중을 받으시며 우선 휴식을 취하시지요."

도윤의 말에 전풍이 반색을 하며 소리쳤다.

"아~ 주 좋은 생각이오. 자리가 사람을 만든다고 항주에 자리를 잡더니만 재치가 넘치는구려."

전풍이 치켜드는 엄지손가락에 인상을 확 구긴 도윤이 가볍게 찻잔을 들이켜는 진유검의 대답을 기다렸다.

"바닷길이라 해봐야 얼마 되지도 않는 거리입니다. 굳이 휴식을 취할 필요까지는 없을 것 같군요."

진유검의 거절에 전풍이 단호히 고개를 흔들었다.

"주군! 상대의 배려를 무시하는 것은 군자의 도리가 아니라고 했습니다. 게다가 저런 미녀들을 눈앞에 두고 외면하다니요. 한 사람의 남자로서 결코 있을 수 없는 일이라고 생각합니다."

"이 녀석의 말에 동의하고 싶은 마음은 별로 없으나 최선을 다해 공자님을 모시고픈 제 성의니 받아주시지요."

도윤이 부드러운 미소와 함께 공손히 허리를 숙였다.

그런 도윤의 모습에 주변에 있던 기녀들은 상당히 놀라는 모습이었다.

비선루의 절대자라 할 수 있는 도윤이 이토록 저자세를 취하는 모습은 참으로 생소한 광경이었다.

극락실을 이용하는 일부의 손님들에게도 나름 예의를 다했지만 지금처럼 조심스런 태도는 단 한 번도 보지 못한 것이었다.

"말씀은 고맙습니다. 솔직히 눈을 어디에 둬야 할지 모를 정도로 아름다운 분이 많군요. 하지만 얼마 전에야 풍랑으로 돌아가신 줄 알았던 부친께서 이곳 항주에서 돌아가셨다는 것을 알았습니다. 아직 그 연유조차 제대로 모르면서 유흥을 즐기기엔 제 마음이 편치 않습니다."

진유검이 정중히 고개를 흔들었다.

도윤의 얼굴이 그대로 굳었다.

아차 싶었다.

"아! 제 생각이 짧았습니다. 용서해 주십시오, 공자님."

도윤이 어쩔 줄 몰라 하며 머리를 숙였다.

"용서랄 것도 없습니다. 도 아저씨의 마음을 제가 아는데요. 오히려 제가 미안하지요. 너도 이해해라, 풍."

"아, 알았습니다."

전풍이 머쓱한 얼굴로 고개를 끄덕였다.

"아니면 따로 놀고 오던가."

진유검이 전풍의 어깨를 툭 치며 말했다. 그런데 어딘지 모르게 위협적인 눈빛이다.

"됐… 습니다."

전풍의 목소리가 살짝 떨렸다.

슬며시 고개를 돌리는 모양새가 조금은 미련이 남는 모습이었다.

"그럼 아이들을 물리겠습니다."

손짓으로 기녀들을 방에서 내보낸 도윤이 진유검 앞에 자세를 가다듬고 앉더니 조그만 책자 하나를 꺼내 놓았다.

"무엇입니까?"

"그간 조사한 정보들을 모아놓은 것입니다. 생각보다 자료가 방대하니 천천히 살펴보시는 것이 좋겠습니다. 우선 중요한 사항에 대해선 제가 설명을 드리도록 하지요."

"부탁드리겠습니다."

진유검이 책자를 슬쩍 훑어보며 말했다.

"의협진가의 일을 논하기에 앞서 삼 년 전, 당시 무황성의 상황을 살펴볼 필요가 있습니다."

도윤은 진유검이 한층 진지한 표정으로 자신을 응시하자 조심스레 호흡을 가다듬었다.

"우선 여쭙겠습니다. 무황성의 역사를 아십니까?"

"예, 어느 정도는 알고 있습니다."

모를 리가 없었다.

무황성과 의협진가는 그야말로 떼려야 뗄 수 없는 관계.

진유검의 뇌리에 작은 할아버지로부터 틈틈이 전해들은 무황성과 의협진가의 역사가 떠올랐다.

이백칠십 년 전, 당시 무림은 세외사패(世外四覇)의 연합 공격에 절체절명의 위기에 처해 있었다.

북해의 빙마곡(氷魔谷), 대막의 낭인천(浪人天), 남만의 야수궁(野獸宮), 서역의 마불사(魔佛寺)는 무림을 사등분 한다는 계획을 가지고 한날한시에 침공을 감행했다.

세외 무림을 완벽하게 석권한 그들은 엄청난 무공과 병력을 동원하여 중원 무림을 공격했다.

처음엔 그들의 도발을 무시하던 이들, 특히 당시 무림을 호령하던 대소문파들은 변변한 대항도 해보지 못하고 그대로 쓸려 버렸다. 그나마 버틴 문파는 구파일방을 대표하는 소림사와 무당파, 그리고 천마신교 정도뿐.

그런 절체절명의 위기 속에서 그때까지 무명이나 다름없던 사공세가(司空世家)가 등장했다.

처음, 사공세가에서 백 명도 되지 않은 인원으로 낭인천의 칠백 낭인을 막아섰을 때 뭇 군웅은 그들의 기개는 높이 살만하지만 과욕을 부린다고 생각했다.

그렇게 헛되이 목숨을 버릴 것이라면 세외사패에 패퇴한 뒤 산동에서 세력을 규합하고 있는 이들과 합류를 하는 것이 옳다며 비웃는 자들까지 있을 정도였다.

그런데 아무도 생각하지 못한 기적이 일어났다.

싸움이 벌어지고 단 두 시진 만에 낭인천의 칠백 낭인이 사공세가의 무인들에게 모조리 목숨을 잃은 것이다.

세외사패에 형편없이 몰리던 무림은 사공세가의 등장에

환호했고 그들을 중심으로 힘을 집결했다.

천마신교를 제외한 거의 모든 무림의 힘을 한데 모은 사공세가는 서서히 세외사패를 몰아내기 시작했다.

오 년간 이어진 처절한 혈투 끝에 세외사패는 결국 패퇴하여 돌아갔고, 그렇게 결집된 힘은 무황성이라는 전대미문의 거대한 세력으로 탄생했다.

무황성은 사공세가를 정점으로 여러 문파가 서로 연합하는 것으로 유지가 되었으나 연합은 그저 형식일 뿐 사실상 전 무림의 생사여탈권을 틀어쥐고 있다고 해도 과언은 아니었다.

물론 세월이 흐르면서 그런 관계에 대한 불만이 쌓여가고는 있었지만 워낙 압도적인 힘을 지니고 있기에 불만이 표면으로 불거져 나온 적은 거의 없었다.

그렇게 삼백 년 가까이 이어져 온 무황성 역사에 있어 가장 흥미로운 곳이 바로 의협진가였다.

의협진가는 사공세가가 낭인천과의 첫 싸움에서 승리하고 군웅들의 힘을 본격적으로 규합하는 시점에서 등장했다.

사공세가의 인원도 적었지만 의협진가의 인원은 더욱 적었다.

기록에 의하면 그 수가 고작 삼십 남짓에 불과했다고 하는데 놀라운 것은 그들이 보여준 힘이 당시 천하제일세로 뻗어

가는 사공세가에 버금갈 정도로 대단했다는 것이다.

하지만 워낙 인원이 적었고 또 누구보다 앞장을 서서 세외사패와 싸웠기에 오 년 동안 이어진 싸움이 끝났을 때 살아남은 인원은 채 다섯이 안됐다.

그럼에도 그들을 무시할 수 있는 이들은 아무도 없었다.

이유는 간단했다.

당시 의협진가를 이끌던 가주 진가운(陳加雲)이 무황과 형제의 예를 맺은 것도 하나의 이유였지만 무엇보다 무공이 천하제일인으로 추앙받는 무황에 버금갈 정도로 막강했기 때문이었다.

세외사패 중 가장 강력한 힘을 지녔고 마지막까지 저항하던 빙마곡 곡주의 목숨을 끊어버린 사람도 바로 그였다.

그랬기에 무황성이라는 거대한 세력이 탄생을 했을 때 많은 이가 걱정스런 눈길로 무황성을 지켜보았다.

무황과 진가운이 형제의 연을 맺었다고는 하나 권력의 속성상 그들 사이에 혹여 내분이 벌어지는 것은 아닌지 걱정한 것이다.

그런 세간의 염려를 비웃기라도 하듯 진가운은 '무림의 정기를 지켰으니 그것으로 되었다' 라는 말과 함께 자신들이 누릴 수 있는 모두 권력과 명예, 부를 가볍게 던지고는 귀향을 선언했다.

의협진가의 과감한 결정에 걱정스런 마음으로 무황성을 지켜보던 군웅들은 환호했고 무한한 존경심과 함께 더없이 명예로운 칭호를 바쳤다.

진가 앞에 '의협(義俠)'이라는 말이 붙은 것이 바로 그때부터였다.

의협진가의 결정에 감복한 무황도 파격적인 조치를 단행했다.

무황성에 수호령주(守護令主)라는 지위를 새롭게 만들고 의협진가에 그 권한을 준 것인데 이 수호령주의 지위가 참으로 재밌고도 놀라웠다.

수호령주는 지위고하를 막론하고 무황성에 속한 모든 이에 대해 감찰, 사법권을 지닐 수 있었다.

한마디로 무황성에서 잘못된 일이 벌어지면 의협진가가 나서서 전권을 가지고 처분을 할 수 있는 막강한 권한을 준 것이다.

일부에서 권력을 남용할 수 있다는 우려를 금치 못했지만 이백칠십 년 무황성 역사상 수호령주가 직접 나서서 사건을 해결한 사례는 열 차례가 채 되지 않았다.

그마저도 누구나 수긍할 수 있을 정도로 공명정대하게 처리되었으니 서로 존중하며 인정하는 무황성과 의협진가의 관계야말로 지금껏 무림을 안정시키는 절대적인 힘이라 해도 과언은 아니었다.

삼 년 전, 무황성에서 치열한 후계자 싸움이 벌어지기 전까지는.

"모든 일의 시작은 무황성에서 후계자 싸움이 일어나면서 벌어졌습니다."

"무황성의 후계자 싸움과 의협진가가 무슨 관계가 있다는 말입니까?"

진유검의 물음에 도윤이 본격적으로 설명을 시작했다.

"일반적으로 어떤 문파나 세가에서 후계자 승계는 장자나 장문제자를 우선으로 합니다. 그러나 무황성은 다릅니다. 탄생한 배경 자체가 외세와의 싸움에서 시작했다 보니 철저하게 실력을 따지게 된 것이지요. 그 결과 초대 무황 이후, 십이대가 내려오는 중에 사공씨가 무황에 오른 적은 여섯 번에 불과합니다."

"정확히 절반이군요. 하면 다른 문파에서도 무황을 배출했단 말입니까?"

"그렇습니다. 하지만 사공세가와 아주 관계가 없다고는 볼 수 없습니다. 초대 무황의 제자들이 세운 가문과 문파인 신도세가(申屠世家), 이화검문(梨花劍門), 정의문(正義門), 형주유가(荊州柳家)에서 골고루 무황을 배출했기 때문입니다.

이들이야말로 현 무황성의 실세이자 기둥이라 할 수 있지요."

진유검이 알아들었다는 듯 고개를 끄덕였다.

비록 무영도에 처박혀 지냈지만 섬을 드나드는 복천회 인물들과 자주 어울리다 보니 바깥 세상에 완전히 귀를 닫은 것은 아니었다.

"현재 사대가신은 그 힘이 더 이상 팽창할 수 없을 정도로 커진 상태입니다. 혹자는 그들의 힘이 과거 세외세력의 힘과 버금갈 정도라고 말할 정도니 말 다했지요. 문제는 힘의 팽창은 필연적으로 또 다른 욕심을 불러일으킨다는 겁니다."

"무황이로군요."

"그렇습니다. 초창기와는 달리 최근 백 년간은 사공씨에서 무황을 독점하고 있습니다. 바로 여기서 불만이 터져 나왔습니다. 힘을 기른 개가 주인을 넘보기 시작했고 마침내 음모를 꾸미기에 이른 것이지요. 그 음모에 사대가신은 물론이고 힘깨나 쓴다 하는 거의 모든 문파가 참여하고 있습니다. 심지어 사공세가의 방계까지 동참을 할 정도였습니다."

"방계까지? 완전 개새끼들이네."

전풍이 기막힌 표정으로 욕설을 내뱉었다.

"피를 나눈 이들까지 참여했다면 어찌 막을 방법이 없었겠군요."

진유검 또한 어이가 없다는 표정이다.

"예, 혈풍은 후계자 승계가 가장 유력했던 사공창(司空彰)이 의문의 죽음을 당하면서 시작되었습니다. 무황성에선 단순한 사고라 발표했지만 그것을 믿는 사람은 아무도 없었지요. 이후, 현 무황의 직계들이 온갖 이유로 목숨을 잃게 됩니다. 일 년 사이에 무려 일곱이 죽어나갔습니다. 상황이 심상치 않다는 것을 파악한 무황이 자신의 후손을 지키기 위해 필사적으로 노력했습니다만 보이지 않는 칼을 완전히 막기엔 대처가 너무 늦었습니다."

도윤이 진유검의 안색을 슬쩍 살핀 후, 말을 이어갔다.

"이 시점에서 사람들의 시선은 무황성이 아니라 의협진가로 향하게 됩니다. 수호령주로서 무황성에서 벌어지는 심상치 않은 일을 묵과하지 않으리란 생각 때문이었지요. 하지만 역천을 꿈꾸는 이들 또한 의협진가를 결코 간과하지 않았습니다. 무황성이라는 틀에 묶인 무황보다는 의협진가가 그들의 계획에 보다 큰 걸림돌이라 판단하여 무황성과 의협진가를 동시에 도모한 것입니다."

"그래서 아버지가 공격을 당한 거군요."

진유검의 음성이 살짝 떨렸다.

"그렇습니다. 공격을 하리라 마음먹은 상황에서 공교롭게도 의협진가를 떠나셨으니 그만한 기회도 없었겠지요. 본격적인 공격은 부친께서 항주에 접어들면서 시작되었습니다."

"본가의 지원까지도 철저하게 고려한 계획."

"예, 당시 공자님의 부모님을 암습한 이들의 수가 백여 명이 넘었다고 합니다. 하나같이 고수가 아닌 자들이 없었다고 하는데 그때 싸움을 지켜본 몇몇 사람에 의하면 그럼에도 불구하고 부친께선 그들의 공격을 압도했을 만큼 무위가 대단하셨다는군요. 만약 어머님을 지키기 위해 힘을 분산하지 않으셨다면 놈들의 의도는 결코 성공하지 못했을 것이라 하였습니다."

"어머니도 그런 말씀을 하시더군요. 당신 때문에 아버지께서 돌아가셨다고."

도윤은 진유검의 담담한 음성에서 전해지는 분노에 자신도 모르게 흠칫 몸을 떨었다. 전신에 소름이 돋아났다.

"숙부님과 형님은 어찌 되셨습니까?"

"공자님의 숙부께서도 부친의 죽음을 조사하기 위해 항주로 오시다가 마찬가지로 암습을 당하셨습니다. 한데 놀랍게도 암습은 실패했습니다. 소문에 의하면 숙부께선 부친보다 더욱 강한 무공을 지녔다고 하더군요."

"그러실 겁니다. 당연하지요."

"예?"

도윤이 고개를 갸웃거렸다.

의협진가의 가주인 부친보다 숙부가 당연히 강할 것이라 단정하는 진유검의 말에 어딘가 어폐가 느껴진 것이다.

"아닙니다. 그래서요?"

가문의 비밀을 군이 얘기할 필요를 느끼지 못한 진유검이 재차 질문을 던졌다.

"그런데 그게 이상합니다. 암습은 실패를 했고 항주에 도착하신 것까지는 파악이 되는데 이후 숙부님의 모습을 본 사람이 아무도 없습니다. 아예 존재 자체가 사라지신 겁니다."

"혹 다른 싸움이 있었던 것입니까?"

"숙부님 정도의 실력자가 목숨을 잃으실 정도의 싸움이라면 누군가의 이목에는 걸리게 되어 있습니다. 항주에는 무황성의 지부도 있고 저희도 있으니까요. 심지어 개방과 하오문의 시선에도 잡히지 않았습니다."

"이상한 일이군요."

"예, 참으로 이상한 일입니다. 하지만 그 이후로 삼 년이 지나도록 모습을 드러내지 않으시는 것을 보면……."

"음."

진유검의 입에서 짧은 침음이 흘러나왔다.

문득 십오 년 전, 집을 떠나올 때 '불쌍한 녀석. 내가 아니라 왜 너란 말이냐?'라는 말과 함께 안타까운 눈으로 안아주던 숙부의 얼굴이 떠올랐다.

이후, 단 한 번도 본 적이 없었지만 이상하게도 숙부의 얼굴은 잊혀지지가 않았다.

"형님도 항주에서 당한 겁니까?"

"아닙니다. 공자님의 형님은 부친을 대신해 가주직에 오르시고 정확히 일 년 후에 암살당하셨습니다."

도윤의 말이 끝나는 것과 동시에 진유검의 손이 탁자를 내려쳤다.

푸스스스.

박살이 나서 흩어지는 것이 아니라 순식간에 먼지가 되어 주저앉는 탁자를 보며 도윤은 입을 쩍 벌렸다.

단단하기가 강철에 버금간다고 알려진 자단목이 단 한 번의 손짓에 한 줌 먼지가 된 것이다.

도윤은 자신들이 눈앞에 있는 진유검을 완전히 잘못 판단하고 있다는 것을 새삼 깨달았다.

'멍청한 영감들! 뭐가 소존과 비슷하거나 살짝 능가하는 정도란 말이냐!'

도윤은 바로 곁에 있으면서도 진유검의 역량을 제대로 파악하지 못한 혈류전마를 비롯한 복천회 원로들에게 내심 욕설을 퍼부었다.

'실로 대단하구나. 그때도 강하다는 것은 느끼고 있었지만 대체 내가 떠나온 사이에 진 공자에게 무슨 일이 일어났단 말

인가.'

도윤이 그렇게 놀라고 있을 때 그의 안색을 살피던 전풍이 먼지로 변한 탁자의 잔해를 발로 쓰윽 문지르며 말했다.

"주군, 이게 비싸긴 비싼 모양입니다. 도 아저씨 인상이 저리 변하는 것을 보면 말이지요."

전풍의 능청에 깜짝 놀란 도윤이 미안해하는 표정을 짓는 진유검에게 황급히 말했다.

"아, 아닙니다, 공자님. 신경 쓰지 마십시오."

"제가 잠시 평정심을 잃었습니다. 지금 당장은 가진 돈이 없지만 곧 변상토록 하지요."

"변상이라니요! 당치도 않습니다. 너 이놈! 왜 헛소리는 해 가지고."

도윤이 성난 눈으로 전풍을 노려보았지만 전풍은 모른 척 고개를 돌렸다.

잠시 흐트러진 마음을 가다듬은 진유검이 다시 물었다.

"형님을 암살한 범인은 잡혔습니까?"

"잡히기 직전에 스스로 목숨을 끊은 것으로 알려졌습니다. 의협진가에선 막연히 원한을 가진 살수라 발표했지만 이 또한 믿는 사람은 아무도 없지요."

"제대로 조사도 안 했단 말입니까?"

"조사야 있었겠지요. 하나, 의협진가 또한 무황성과 마찬가지로 세가 내의 상황이 좋지 못합니다."

진유검의 이마가 절로 찌푸려졌다.

"그건 또 무슨 소립니까? 세가 내의 상황이 좋지 않다니요? 본가를 공격한 자들은 무황성의……."

뭔가를 직감한 것일까?

말끝을 흐리는 진유검의 눈동자가 크게 흔들렸다.

"짐작하시는 것이 맞습니다. 무황성에 후계 문제가 벌어졌듯 의협진가에서도 똑같은 일이 벌어지고 있습니다."

"이해할 수가 없습니다. 무황성처럼 많은 파벌이 얽혀 있는 곳이라면 모를까 본가는 그렇지 않습니다. 숙부님이야 평생을 독신으로 사셨다지만 형님에게는 저와 나이 차이도 얼마 나지 않는 아들이 있습니다. 딱히 후계 문제가……."

진유검은 또다시 말을 멈추고 말았다.

후계구도에 문제가 생긴 무황성에서 어떤 일이 벌어진 것을 비로소 상기한 것이다.

"설마 조카까지 해친 것입니까?"

도윤은 상기된 진유검의 얼굴을 보며 잠시 망설이다 무겁게 고개를 끄덕였다.

"이것… 들이 정말!"

진유검이 화를 참지 못하고 벌떡 일어났다.

만년한설보다 더욱 차갑게 변한 얼굴.

전신에서 쏟아지는 살기는 인간이 감당하기 힘들 정도로 엄청났다.

"컥!"

도윤이 피를 토하며 쓰러졌다.

전풍의 얼굴도 무참히 일그러졌다.

진유검이 무공을 완성하기 전, 때때로 접해 본 살기였지만 다시 경험을 해봐도 여전히 적응이 안 되긴 마찬가지였다.

"주, 주… 군."

전풍의 입에서 미약한 음성이 흘러나왔다.

그제야 자신의 실태를 깨달은 진유검이 재빨리 살기를 거둬들였다.

"아! 죄송합니다. 또 실수를 했군요."

진유검이 힘겹게 일어나는 도윤에게 민망해하며 사과를 했다.

"아, 아닙니다. 충분히 이해합니다."

도윤이 애써 웃음 지으며 말했다.

"이해는 무슨! 그런 실수에 골로 가는 사람이 생길 수 있다고 몇 번을 말했잖아요. 되도 않는 점잔을 빼고 있다가 갑자기 이게 뭡니까?"

전풍이 인상을 박박 쓰며 툴툴대자 입이 열 개라도 할 말이 없던 진유검은 슬쩍 고개를 돌렸다.

"그건 그렇고 어떤 미친놈들이 애들까지 건드렸단 말이오? 그 무황인가 뭔가를 노린다는 그 개 같은 종자들이 그런 거요?"

전풍의 물음에 도윤은 한층 신중한 자세로 대답했다.

"그럴 수도 있고 아닐 수도 있다."

"그건 또 무슨 개소리요?"

잔뜩 성이 난 전풍의 말투가 점점 거칠어졌다.

"개소리라니! 이놈이 정말……."

버럭 화를 내려던 도윤은 대답을 기다리는 진유검을 보곤 화를 꾹꾹 눌러 참았다.

"무황의 자리를 노리는 자들이 두려워하는 것은 실력을 갖춘 수호령주지 아직 자격도 없는 어린아이가 아니다. 물론 화근의 싹을 제거하려는 마음을 품었을 수도 있겠지만 확신할 수는 없다."

"표정을 보니 하고 싶은 말은 따로 있는 것 같습니다."

진유검이 망설이는 도윤의 기색을 읽으며 물었다.

"그게……."

"말씀하십시오."

머뭇거리던 도윤이 눈을 질끈 감고 말을 이었다.

"현재 돌아가는 의협진가의 상황을 볼 때 공자님의 조카를 해친 자들은 무황의 자리를 노리는 자들이 아니라 의협진가의 핏줄일 가능성이 있습니다."

"음."

진유검의 입에서 신음이 흘러나왔다.

그래도 어느 정도 각오를 했는지 별다른 표정 변화는 없었다.

"의협진가는 대대로 손이 귀한 가문입니다. 특히 대를 이을 남자 자손이 절대적으로 부족하지요. 그 오랜 세월 동안 이어져 내려오면서도 방계가 극히 드물다는 것이 그것을 증명합니다."

'손이 귀하기도 했지만 또 그럴 만한 이유가 있기는 하지.'

진유검의 뇌리에 가문의 숙원을 이루기 위해 어릴 적에 무영도에 들어와 평생 동안 섬을 벗어나지 못하고 사라져 간 선조들의 피맺힌 한이 떠올랐다.

"아, 또! 곁가지로 새지 좀 말고. 원흉이 누구냐니까요?"

전풍이 신경질적으로 물었다.

"공자님의 형님과 아드님이 목숨을 잃은 지금 의협진가의 대를 이을 직계 후손은 사실상 사라졌다. 방계가 있기는 하지만 워낙 거리가 있어 자격을 논하기가 애매하지. 하지만 직계는 아니라고 해도 의협진가의 피를 물려받은 후손들은 존재한다."

"누님들의 자식을 말하는군요."

진유검이 말했다.

"예, 바로 그분들의 후손이 있습니다. 참고로 말씀드리면 의협진가의 명성답게 누님들의 시댁이 실로 쟁쟁합니다. 큰 누님은 무황성의 신도세가, 둘째 누님은 중원 상계를 대표하는 무창상단과 연을 맺으셨지요."

"알고 있습니다."

두 누이가 신도세가와 무창상단의 자제들과 혼인을 한 것은 이미 어머니를 통해 알고 있는 사실이었다.

"셋째 누이는 어떤가요?"

진유검이 아련한 기억을 떠올리며 물었다.

기억을 더듬어 보건데 자신과 스무 살이 넘게 차이 나는, 이미 아들까지 본 형과 그와 비슷한 연배의 두 누이와는 달리 셋째 누이는 정확히 두 살 터울이었다. 당연히 어린 시절의 기억에 가장 또렷이 남아 있는 사람이 바로 셋째 누이였다.

"얼마 전 무당의 속가제자와 혼인을 하셨습니다. 부친께서 돌아가시기 전부터 혼약을 약속한 사이라고 들었습니다. 세가를 지키기 위해 혼인을 미루시다가 두 누님의 강권에 어쩔 수 없이 혼인을 한 것으로 확인되었습니다."

"이거, 이거. 대충 얘기만 들어도 구린내가 진동하네."

전풍이 인상을 잔뜩 찌푸리며 코를 틀어쥐었다.

"무황성 쪽과 누님들이 연결되었을 수도 있겠군요."

"간과할 수 없습니다."

진유검은 전신에 밀려드는 씁쓸함과 허탈감을 감추지 못했다.

나이 일곱에 무영도에 들어가 십오 년을 사는 동안 한시도 잊은 적이 없었고 늘 그리워 한 가족의 모습이 더 이상은 남아 있지 않다는 것이 너무도 슬프고 안타까웠다.

문득 거론되지 않은 한 사람이 있다는 것을 떠올렸다.

"그런데 할아버지께선 어찌 되셨습니까? 어머니 말씀으론 너무 연로하셔서 그 당시에도 병석에 계셨다고 들었습니다. 설마 그분께도 마수가 뻗친 건가요?"

"그렇지는 않습니다만 과히 상태가 좋지는 않으십니다. 말씀하신대로 워낙 연로하신 데다가 지병까지 앓고 계셨는데 부친께서 목숨을 잃으셨다는 소식을 들은 후, 병세가 더욱 악화되셨습니다. 그때 이후, 거의 정신을 차리지 못하시는 것으로 알고 있습니다."

"그렇… 군요."

진유검이 힘없이 고개를 떨궜다.

"어쩌면 다행일 수도 있습니다. 만약 조부님께서 조금만 더 건강하셨다면 그분 또한 어찌 되셨을지 장담할 수 없었을 테니까요."

"……."

도윤은 침울한 표정의 진유검을 보며 재빨리 화제를 돌렸다.

"한데 공자님. 형님께 또 다른 아들이 있다는 사실은 알고 계십니까?"

"예? 아들이라니요?"

번쩍 고개를 든 진유검이 더없이 놀란 얼굴로 되물었다.

"공자님의 형님께선 일찍 부인과 사별하셨습니다."

"그건 알고 있습니다. 이후에 다른 혼인을 하지 않으신 것으로 아는데요."

"맞습니다. 하지만 혼인을 하지 않으셨어도 마음을 나누고 계신 분은 있었던 모양입니다. 그리고 그 사이에서 아들도 보셨고요. 올해로 열일곱이 되었습니다."

"하!"

진유검의 입에서 어이없는 탄성이 터져 나왔다.

열일곱이면 그가 무영도로 떠나던 해에 태어났다는 말이었다.

"어머니가 어째서 그 아이에 대해 말씀을 하지 않으셨는지 이해가 가지 않는군요."

"어머니도 모르셨을 겁니다."

"예?"

"그 아이의 존재가 의협진가에 알려진 것은 공자님의 형님께서 돌아가신 이후니까요. 이전엔 아무도 몰랐던 것 같습니다."

"그랬군요. 누군가요, 그 아이가? 아니, 그보다는 안전한 것입니까? 아저씨 말이 사실이라면 누구보다 후계자 자리에 가까운 아이입니다. 놈들의 마수가 아이를 위협할 수 있습니다."

"아직까지는 무사합니다만 언제 변을 당할지 모르는 상황이긴 하지요. 벌써 수차례나 죽음의 위기를 넘긴 것으로 보고가 되었습니다."

"대충 돌아가는 얘기를 들어보니 이건 뭐 지금껏 살아 있다는 것이 기적인 것 같소."

전풍이 놀란 눈으로 고개를 흔들었다.

"공자님의 셋째 누님께서 그 아이를 지키시려고 필사적으로 노력하셨기 때문이다. 집 안에서는 물론이고 외출을 하실 때도 반드시 데리고 다니셨다고 한다. 거기에 자신들의 주인을 제대로 지키지 못한 의협진가의 무인들이 최선을 다해 보호했고. 그 아이를 지키는 과정에서 의협진가의 충신들이 꽤나 많이 희생된 것으로 확인되었다."

"가만. 그런데 셋째 누님이란 분이 시집을 가셨으면 이제 혼자 남은 거 아니오?"

"그렇다. 든든한 보호막이 걷혔으니 더욱더 위험한 상황이라고 할 수 있지. 더구나 본의 아니게 본가를 떠난 지금은 더욱 그렇다고 볼 수 있다."

"집을 떠나? 이런 젠장! 주군."

전풍이 다급히 진유검을 불렀다.

살짝 손을 들어 전풍을 진정시킨 진유검이 착 가라앉은 목소리로 물었다.

"아이의 이름이 무엇입니까?"

"진호(陳虎)라고 합니다."

"어디에 있습니까, 그 아이?"

도윤의 눈빛이 의미심장하게 빛났다.

"바로 이곳. 항주에 있습니다."

3장

수호표국(守護鏢局)

　서호 남쪽에 위치한 뇌봉탑(雷峰塔)은 북송 때 팔각형 누각
식(樓閣式)으로 건립된 오층탑이다.

　해질 무렵 호수 맞은편에서 바라본 풍경이 너무도 신비로
워 서호의 상징과도 같은 곳. 아름다운 풍광도 풍광이지만 탑
을 돌며 소원을 빌면 이루어진다는 소문까지 더해 사시사철
많은 이로 붐비는 곳이기도 했다.

　그 뇌봉탑과 마주한 유흥객점(遊興客店) 또한 주변의 다른
객점과 마찬가지로 아침부터 무척이나 분주했다.

　그런데 분위기가 조금 달랐다.

주변의 객점엔 들뜬 얼굴, 가벼운 옷차림의 행랑객이 많은 반면 유흥객점에 드나드는 이들의 대부분은 건장한 사내였고 저마다 무기까지 착용한 상태였다.

웃고 떠드는 이들이 없는 것은 아니나 전체적인 분위기는 상당히 긴장되고 조금은 무거워 보였다.

행렬은 객점 후원으로 이어졌는데 이미 이른 아침부터 상당한 인원이 모여든 터라 비집고 들어갈 틈이 보이지 않았다. 심지어 자리다툼을 하는 이들이 있을 정도였다.

후원을 한눈에 살펴볼 수 있는 삼 층.

청년이라고 하기엔 너무 어렸고 소년이라 부르기에도 다소 애매한 미소년이 창가에 기대어 후원을 바라보며 밝은 표정을 지었다.

"생각보다 많이 모였네요."

소년의 등 뒤로 나타난 중년인이 안도와 걱정이 교차하는 얼굴로 대답했다.

"다른 표국의 표사들보다 배가 넘는 급료를 보장하며 모집을 했으니까요. 하지만 과연 얼마가 남을지 걱정입니다."

"많이 남기를 기대해 봐야지요. 시간이 다 되어 가는데 제가 갈까요?"

"아닙니다. 공자께서 직접 움직이실 필요는 없습니다. 제가 다녀오겠습니다."

많은 이들 앞에 나서는 것에 부담을 가지고 있던 소년이 환한 얼굴로 고개를 끄덕였다.

"그럼 부탁해요, 대표두."

"다녀오겠습니다."

대표두라 불리는 중년인이 물러가자 그 자리를 백발이 성성한 노인이 대신했다.

"걱정이 되시는 얼굴입니다."

"예, 솔직히 걱정이 됩니다."

"표두로서 산전수전을 다 겪은 친구입니다. 잘 해낼 터이니 너무 걱정하지 마시지요. 그리고 돈의 힘을 너무 간과하시는 것 같습니다. 때로는 귀신도 부리는 것이 돈입니다."

"곽 장로님 말씀대로라면 얼마나 좋을까요?"

곽정산(郭淨汕)의 말에 안심을 하면서도 소년의 표정은 그리 밝아지지 않았다.

"쳇, 서두른다고 서둘렀는데 뭔 사람들이 이리 많아."

친구 윤성과 함께 유홍객점을 찾은 설암은 혼잡한 주변을 둘러보며 연신 툴툴거렸다.

"당연하지. 항주에 소문이 쫙 퍼졌잖아. 이만하면 생각보다 적은걸."

"이게 적은 거야? 고작 표사 몇 십을 뽑는데 이백도 훨씬 넘는 인원이 몰려들었다. 지금껏 많은 표국을 다녀봤지만 이런 건 처음 봐."

"그만큼 대우가 좋으니까. 기존 표국보다 배 이상의 급료를 보장했어. 저마다 욕심을 부릴 만하지. 하지만 걱정이다."

주변을 둘러보는 윤성의 얼굴에선 어딘지 모르게 불안감이 느껴졌다.

"뭐가?"

"급료를 두 배로 올렸다는 것은 우리가 해야 할 일도 그만큼 위험한 일이라는 말이잖아. 괜히 욕심 부리다가 염라대왕을 만나는 건 아닌지 모르겠단 말이지."

"듣고 보니 그렇긴 한데 표국 일이라는 것이 어차피 복불복이잖아. 쉬운 것도 있고 어려운 것도 있고. 설마하니 목숨까지 걸어야 할 일이려고."

윤성에 비해 설암은 조금 더 낙관적인 생각을 지니고 있었다.

"무엇보다 꺼림칙한 건 표사를 모집한다는 말만 있었지 표사를 모집하는 표국이 어딘지 알려지지 않았다는 거야."

"유흥객점에서 모집을 할 정도라면 큰 문제는 없을 같은데. 아닌가?"

설암이 그다지 대수롭지 않게 반응하자 윤성이 한숨을 내쉬며 고개를 흔들었다.

"모르겠다. 자꾸만 불길한 생각이 드는걸 보면 그런 예감이 든단 말이야. 요즘 들어 이상한 소문도 돌고 있고. 너도 소문 들었지?"

"소문? 무슨 소문?"

"항주로 표행을 나선 수호표국(守護鏢局)이 무수한 공격을 받다가 간신히 항주에 도착했다는 소문. 듣기론 칠팔 할의 표사들이 목숨을 잃었다고 하던데."

"설마! 수호표국의 표사들은 모두 의협진가의 제자들로 채워졌잖아. 해서 무림 최강의 표국이요, 표사라는 말도 있고. 어떤 간덩이 큰 놈들이 수호표국의 표물을 노려? 설사 노린다고 해도 바로 저승행이잖아."

평소 수호표국에 대한 동경을 지니고 있던 설암이 당치도 않다는 듯 침까지 튀겨 가며 목소리를 높였다.

그들의 대화에 모른 척 귀를 기울이고 있던 이들까지 설암의 말에 은연중 동조를 표할 정도였다.

"그런데 그게 사실이라면? 그래서 부족한 표사들을 급히 모집하려는 것이라면?"

"말도 안 돼."

설암이 고개를 절레절레 흔들었다.

"아니오. 형장의 말에도 일리가 있는 것 같소."

난데없이 대화에 끼어든 텁석부리 장한에 모두의 시선이

쏠렸다.

꽤나 험악한 인상에 큰 덩치, 삼십 정도의 나이에 어울리지 않게 노회한 표정하며 적절한 순간을 파고들어 주변의 시선을 순식간에 자신에게 향하게 만든 것이 상당한 노련미가 느껴지는 사내였다.

"수호표국의 얘기는 항주뿐만 아니라 이미 인근 지역까지 널리 퍼진 얘기요. 단순히 소문으로 무시하기엔 무리가 있다고 보오. 게다가 이곳 유흥객점은 수호표국이 항주에 오면 늘 머무르는 곳. 형장의 말대로 이번에 표사를 모집하는 곳이 수호표국일 가능성이 다분하오."

텁석부리 사내의 말에 주변에 모인 이들이 동요하기 시작했다.

표사 모집에 응하려는 자들을 줄이려는 얄팍한 수단이라고 떠드는 자들도 있었지만 대다수가 텁석부리 사내의 말에 상당한 신빙성이 있다고 여긴 것이다.

웅성거림이 절정에 달했을 때 창가에서 소년과 대화를 나두던 대표두가 모습을 드러냈다.

"호풍검(虎風劍) 유강(柳康)이다!"

누군가 그를 알아보고 소리쳤다.

"호풍검이라면 수호표국의 대표두잖아. 맙소사! 저자의 말이 맞았다."

사람들이 텁석부리 장한을 가리키며 잔뜩 흥분한 어조로
외쳤다.

"모두 모이시오."

유강이 주변이 쩌렁쩌렁 울리는 음성으로 소리쳤다.

평소라면 유강의 기세에 눌린 응시자들이 군말없이 지시
를 따랐겠지만 표사를 모집하는 곳이 수호표국이라는 것을
확인한 지금 소란은 쉽게 가라앉지 않았다.

"후~ 표사들을 모집한 곳이 우리라는 것을 알아챈 모양이
군요."

객실에서 초조한 눈빛으로 후원을 살피던 소년이 안타까
운 음성으로 말했다.

"어쩔 수 없지요. 마지막까지 감출 수는 없는 노릇입니다.
사실, 유흥객점의 이름을 빌려 표사들을 모집한 것 자체가 수
호표국, 나아가 의협진가의 신의가 땅에 떨어질 일이었습니
다."

곽정산의 질책 어린 말에 소년의 표정이 급격히 어두워지
며 고개를 숙였다.

"죄, 죄송합니다."

곽정산은 유흥객점을 앞세워 표사들을 모집하자는 대표두
유강의 의견에 반대를 하며 수호표국의 이름으로 당당히 표
사들을 구해야 한다고 했다. 그것이 수호표국가 의협진가의

명예를 지키는 길임을 강변하며.

하나, 소년이 유강의 손을 들어주면서 곽정산의 의견은 채택되지 않았다.

"공자님의 사과를 받으려 함은 아니었습니다. 대표두나 공자께서 편법을 사용해야 할 정도로 수호표국의, 본가의 상황이 좋지 않으니 그저 안타까울 뿐이지요."

평생을 바쳐 키우고 지켜온 의협진가의 명성에 금이 가는 장면을 직접 보고 겪어야 하는 곽정산의 백미(白眉)가 파르르 떨렸다.

"아무튼 기다려 보지요. 대표두라면 저들 중 상당수를 설득할 수 있을 것입니다."

그것이 생각만큼 쉽지 않다는 것을 알기에 후원으로 시선을 돌리는 곽정산의 눈빛은 불안하기만 했다.

"설명을 해주셨으면 좋겠소이다. 우리 모두는 유흥객점에서 표사를 모집한다는 표국이 있다고 해서 온 것이오. 그 표국이 수호표국인 것입니까?"

어느새 모인 이들의 대표 자리를 꿰찬 텁석부리 장한이 물었다.

유강이 사내에게 고개를 돌렸다.

"질문을 하기 전에 우선 자신이 누구인지 밝히는 것이 좋지 않겠는가?"

"별 볼 일 없는 이름이기는 하나 태호표국(太湖鏢局)에서 표사질을 했던 주유망(周裕忙)이라 하외다."

순간, 후원은 유강이 모습을 드러냈을 때만큼이나 소란스러워졌다.

당연한 것이 태호표국의 주유망이라는 이름은 결코 가벼운 이름이 아니었다.

단순히 표사질을 했다고 나름 겸양을 떨었지만 주유망은 태호표국을 대표하는 표두였다.

비록 나이가 어려 대표두의 지위를 차지하지는 못했지만 경험이나 실력만큼은 타의 추종을 불허할 정도로 뛰어났다.

특히 주유망이 국주와 인척관계에 있는 대표두와 마찰이 생겨 태호표국을 그만두었다는 것은 어지간한 사람이라면 모두 알고 있는 사실이었다.

그런 그가 유흥객점의 후원에 모습을 드러낸 것이었으니 놀라는 것은 당연했다.

"어쩐지 평범해 보이지 않는다 싶더니 자네가 바로 그 유명한 녹림판관(綠林判官)이었군."

유강이 감탄한 얼굴로 말하자 주유망이 가볍게 웃으며 고개를 흔들었다.

"호풍검 선배께서 제 얼굴에 금칠을 해주시는구려."

녹림판관이란 별호는 표물을 노리는 녹림도들에겐 그야말

로 염라대왕보다 더 무섭다는 것을 빗대어 호사가들이 붙인 것이나 호풍검이란 별호 앞에선 감히 견줄 수가 없었다.

"금칠이 아니네. 여기 있는 이들 중 자네의 명성을 들어본 적이 없는 자가 있을까."

유강의 말에 동조하는 함성이 들리자 주유망의 얼굴이 살짝 붉어졌다.

"험험, 아무튼 제 질문에는 아직 대답을 하지 않으셨습니다. 표사들을 모집하는 곳이 수호표국이 맞습니까?"

"맞네. 우리가 모집했네."

"음."

주유망의 표정이 살짝 굳어졌다.

후원 곳곳에서 분노와 안타까움이 교차하는 한숨이 흘러나왔다.

"이유를 설명해 주실 수 있겠습니까? 설마하니 수호표국이 이런 꼼수를 쓸 줄은 상상도 못했소이다."

꼼수라는 말에 유강의 볼이 씰룩거렸지만 그는 화를 내지 못했다. 이번 일에 대해선 그런 힐난을 들어도 뭐라 반박할 여지가 없었다.

"꼼수라면 꼼수겠지. 그것에 대해선 변명의 여지가 없군. 솔직히 말하자면 우리가 그만큼 급하다고 보면 될 것이네. 그래서 통상 급료보다 두 배를 준다고 약속한 것이고."

"그만큼 위험할 것 아닙니까?"

잠시 망설이던 유강이 고개를 끄덕였다.

"맞네. 아무래도 위험하겠지."

"하면 수호표국에 대한 소문이 사실입니까?"

윤성이 참지 못하고 물었다.

"수호표국이 표행 내내 공격을 받았다는 말 말인가?"

"그렇습니다."

"사실이네. 이미 많은 피해를 보았네. 이렇게 표사를 모집하고 있는 것이 그 증거라 할 수 있지."

유강이 사실을 숨기지 않고 그대로 드러내자 분위기는 더욱 안 좋게 흘러갔다.

"수호표국을 공격한 자들의 정체는 확인된 것입니까?"

누군가가 물었다.

"확인하지 못했네. 워낙 다양한 자들이 공격을 해와서 말이지."

"피해는 얼마나 되는 것입니까?"

"소문을 믿으면 될 것 같네. 그다지 과장은 없더군."

유강은 이제 될 대로 되라는 듯 거침없이 대답을 했다.

"하면 이번 표행 역시 위험할 것 아닙니까?"

"아마도 그러리라 예상하네."

"너무 무책임한 처사 아닙니까?"

결국 분통이 터져 나오자 유강이 정색을 하며 대답했다.

　"해서 그만한 대접을 해주겠다는 것이네. 모집 과정에서 다소 꼼수를 부린 것은 사실이나 지금 이렇게 모든 사실을 밝히고 선택권을 주고 있는 것도 그런 이유네. 싫으면 포기하면 그만이네. 강권할 이유도 없고 그럴 마음도 없네."

　유강이 주변에 모인 이들을 천천히 둘러보며 말했다.

　"모든 것은 그대들의 선택일세. 이번 표챕길에 많은 피해가 있었던 것은 분명 사실이네만 남은 이들의 실력만큼은 진정 최고라고 말을 해주고 싶군. 참고로 말하자면 본가에서도 이 사실을 알고 있고 이미 지원군을 보낸 상태일세. 아마도 표행 중에 조우를 하겠지."

　유강의 말이 먹힌 것인지 소란스러움이 조금은 가시는 듯했다.

　"자, 이제 선택을 하게. 우리는 대략 마흔 명의 표사를 원하네. 급료는 앞에서 밝혔듯이 통상 급료의 두 배를……."

　"세 배를 주도록 하겠습니다."

　난데없이 들려온 목소리에 유강의 말이 묻혔다.

　세 배라는 말에 모든 시선이 일시에 목소리의 주인공을 찾아 움직였다.

　창가에 있던 소년이 어느새 내려와 유강의 곁에 자리했다.

　"인사가 늦었습니다. 진가의 호라 합니다."

진호가 자신의 모습을 드러냈지만 사실상 그를 알아보는 사람은 아무도 없었다.

그럴 만한 것이 의협진가의 후예라고는 하지만 서출인지라 외부에 알려진 바도 거의 없었고 더구나 이번 표행이 그의 첫 외부활동이기 때문에 더욱 그랬다.

하지만 수호표국의 대표두인 유강이 예를 차릴 정도라면 진호가 자신의 상관임을 직접적으로 드러내는 것과 같은 것. 그것은 곧 소년의 말대로 수호표국에서 세 배의 급료를 지급하겠다는 선언하는 것과 같았다.

세 배의 급료를 보장하겠다는 말에 대다수 사람의 눈빛이 달라졌다.

두 배도 상당히 파격적인 액수였지만 세 배라면 누구라도 혹할 만한 조건이었고 의협진가가 직접 경영하는 수호표국이라면 돈을 떼일 염려 또한 전무했다.

돌아가는 상황이 위험하기는 해도 어차피 평생 칼밥을 먹으리라 작정한 자들이기에 조건만 맞는다면 무조건 배척할 이유도 없었다.

의협진가의 지원군도 출발을 했고 표행 중에 조우를 하게 될 것이라는 유강의 말이 확실하다면 세 배의 임금은 결코 거부할 수 없는 유혹이었다.

거기에 뒤따라 붙은 조건이 결정적이었다.

"만약 이번 표행에서 목숨을 잃으시는 분이 계시다면 그분의 식솔들에게 급료의 열 배를 지불토록 하겠습니다."

유강마저 깜짝 놀라게 한 진호의 선언은 주변 분위기를 완전히 들끓게 만들었다.

지금껏 접해 보지 못한 엄청난 조건에 모인 이들 대다수가 자신을 표사로 뽑아달라고 서로 청원을 하기 시작했다.

그럼에도 목숨을 버릴 수는 없다면 물러선 지원자도 있었지만 모인 이의 이 할도 채 되지 않았다.

"호~ 어린 녀석이 상황판단이 빠르네요."

지원자의 대열에 섞여 있던 전풍이 진호의 과감한 선택에 감탄을 금치 못했다.

"그러게."

진유검이 성의 없이 대꾸했다.

그의 눈은 오직 자신의 의도가 제대로 먹힌 것이 기뻤는지 밝은 표정으로 유강과 대화를 나누고 있는 진호의 얼굴에 고정되어 있었다.

'형님은 잘 모르겠지만 아버지를 많이 닮았구나.'

진호의 얼굴에서 어린 시절의 기억 속에 희미하게 남아 있는 형의 모습 대신 그리운 부친의 그림자를 찾아낸 진유검의 눈동자가 조금씩 흔들렸다.

쿵쿵 뛰는 심장 소리.

빠르게 도는 혈류.

자신의 의도와는 상관없이 뭔가 잔뜩 상기되는 느낌에 진유검은 스스로도 놀라고 있었다.

'핏줄… 이라는 건가?'

처음 보는 진호의 얼굴에서 부친의 그림자를 찾아내고 또 그만큼 익숙하게 느껴지는 것은 서로의 몸에서 돌고 있는 피가 같은 것이기 때문일 터.

어린 나이에 세상 풍파에 노출된 진호가 안타까웠다.

'고립무원(孤立無援:고립되어 도움을 받을 곳이 없음)이라고 했던가?'

문득 새벽에 도윤과 나누었던 대화가 떠올랐다.

"현재 의협진가의 상황은 과히 좋지 못합니다. 단순히 후계구도만의 문제가 아니라 의협진가의 기반 자체가 뿌리째 흔들리고 있습니다."

"기반이 흔들린다면……."

"소림이나 무당처럼 국가에서 지원을 하는 몇몇 문파를 제외하곤 여타 문파, 세가들은 그들 스스로 수입을 창출해야 합니다. 중원에 산재한 수많은 무관, 객점과 주루, 표국, 상회 등이 각 문파와 거미줄처럼 얽혀 있는 이유가 바로 그것이지요."

진유검이 이해했다는 듯 가볍게 고개를 끄덕였다.

"의협진가 역시 몇 개의 사업체를 가지고 있었습니다. 직접 운영을 하는 수호표국을 필두로 세 곳의 주루와 두 개의 객점, 소규모 상단에 어느 정도 지분을 지니고 있었습니다."

"생각보다 영 아닌데."

전풍이 실망했다는 얼굴로 입맛을 다셨다.

그런 전풍을 슬쩍 노려본 도윤이 말을 이었다.

"의협진가 자체가 명성과는 다르게 규모가 크지 않아서 그 곳에서 나는 수입만으로도 충분히 유지가 되었습니다. 한데 얼마 전부터 문제가 생겼습니다. 의협진가와 연관이 있던 주루와 객점, 상단의 경영 상황이 심각하게 악화되어 결국 모두 다른 이들의 손에 넘어가게 된 것입니다. 그 과정에서 의협진가가 지니고 있던 지분은 모두 상실되었습니다."

"그게 가능합니까?"

"예, 경영 악화를 타개하기 위해 이곳저곳에서 돈을 융통했는데 의협진가 역시 동의를 해주었습니다. 그 빚을 갚지 못했으니 당연히 의협진가의 지분 역시 날아가게 되는 것이지요. 문제는 그 주루와 객점, 상단이 과연 그토록 심하게 경영난을 겪어야 할 정도로 부실했느냐는 것입니다. 애당초 욕심을 내지 않았기에 큰 문제도 없던 곳들입니다."

"누군가 개입을 했다는 말이군요."

"그렇습니다. 간단히 말씀드려 상단과 객점은 무창상단으로 넘어갔습니다."

"무창상단이라면 둘째 누님의 시댁입니까?"

"맞습니다."

"하면 주루는 신도세가로 넘어간 건가요?"

진유검이 비웃음을 지으며 물었다.

"무창의 밤거리를 장악하고 있는 흑월방(黑月幇)에 넘어갔지만 신도세가가 그들의 뒷배라는 것은 예로부터 유명한 사실이니 사실상 신도세가로 넘어갔다고 봐도 무방합니다."

"하면 남은 것은 수호표국뿐이군요."

"그렇습니다. 규모야 중소규모에 불과해도 어떤 의미에선 천하제일 표국이라 할 만하지요."

진유검이 의아한 표정을 짓자 도윤이 의뭉스런 웃음을 지으며 말했다.

"쟁자수를 제외한 표사의 대부분이 의협진가의 제자들로 채워져 있습니다. 수준 자체가 틀리다는 말입니다."

"아!"

"지금껏 단 한 번도 문제가 생긴 적이 없습니다. 당연한 것이 어떤 간 큰 도적놈이 의협진가의 물건을 노리겠습니까? 미치지 않고서야 할 수 없는 일이지요. 그런데 최근엔 양상이 바뀌었습니다. 지난 석 달 동안 두 번의 표행에서 실패가 있었습니다. 수호표국의 역사를 돌이켜 볼 때 결코 있을 수 없는 일입니다."

"그 역시 누군가의 개입이 있었다는 얘기군요."

"그렇습니다. 다만 흥미로운 것은 수호표국이 어려움을 겪는 것과 동시에 지금껏 세상에 드러나지 않던 진호 공자의 행보가 본격적으로 시작되었다는 겁니다. 여기엔 공자님의 셋째 누님의 의도가 어느 정도 적용되었다고 보는데 제 생각엔 다른 분들이 오히려 이를 이용하려는 것은 아닌가 생각합니다."

"셋째 누이는 그 아이를 세가에서 부각을 시키려는 것이겠고 다른 누님들은 기회를 봐서 녀석까지 제거하려는 속셈이란 말이군요."

"정확합니다. 그리고 얼마 전 진호 공자가 항주로 오는 표행에 참여한 것을 기회 삼아서 그런 시도가 있었습니다. 비록 실패로 돌아갔지만 그 과정에서 수호표국은 회복하기 힘든 피해를 입었습니다. 더구나 항주에 도착하는 것으로 표행이 끝난 것도 아닙니다. 항주에서 시작되는 또 하나의 표행이 약속되어 있지요."

"하지만 표사들이 많은 피해를 보았다고 하지 않았습니까? 표행이 가능할까요?"

"해서 표사들을 모집하고 있습니다."

"표사… 들을요?"

진유검의 짙은 눈썹이 꿈틀거렸다.

"예, 오직 의협진가의 제자로만 채워졌던 수호표국의 전통을 깨는 일이기는 하지만 신용을 어기는 것보다는 낫다고 판단한 모양입니다."

"차라리 본가에 알리는 것이……."

"알렸을 것입니다. 지원도 나올 것이고요. 그래도 쉽게는 아닐 겁니다."

"어째서요?"

"현재 의협진가에는 공자님의 누님들이 와 계십니다."

진유검은 도윤이 말하고자 하는 의미를 곧바로 파악했다.

"설사 지원이 온다고 해도 시기적으로 늦습니다. 일단 표행을 시작해야 합니다. 문제는 얼마나 표사들을 모집할 수 있을지 모르겠다는 겁니다. 무수한 공격을 받고 겨우 목숨을 부지했다는 소문도 그렇고 급료를 두 배로 올리기는 했지만 이는 곧 수호표국이 곤경에 처했다는 것을 역설하는 것이어서 쉽지는 않을 겁니다."

잠시 생각에 잠겼던 진유검이 도윤에게 말했다.

"한 가지 부탁을 드려도 되겠습니까?"

"무엇이든 말씀만 하십시오."

진유검이 원하는 것이 무엇인지 이미 짐작을 했다는 듯 빙

굿이 웃은 도윤이 공손히 허리를 숙였다.

진유검은 자신의 손에 들린 증명서를 보며 묘한 표정을 지었다.

혹시나 하는 마음에 부탁을 한 것인데 그토록 짧은 시간에 이토록 완벽한 증명서를 만들 줄은 생각지 못했다.

그저 적당히 위조된 신분증이 필요한 것이었는데.

"주산(舟山)에서 왔군."

접수를 받고 있던 사내가 진유검의 모습을 천천히 훑으며 말했다.

"그렇습니다."

"곁에 있는 친구와 함께인가?"

사내가 진유검 옆에 선 전풍을 힐끗거리며 물었다.

"예, 한 마을에서 살던 동생입니다. 얼마 전에 같이 섬을 나왔습니다."

건들거리는 전풍의 모습에 한숨을 살짝 내쉰 사내가 진유검과 전풍이 내민 신분증명서를 다시금 살피기 시작했다.

어느 순간, 사내의 눈이 반짝거렸다.

"보타산(普陀山)에서 무술을 익혔다면 혹 검각(劍閣)을 말하는 것인가?"

"정식으로 배우지는 못했습니다. 다만 저희를 가르쳐 주신

스승님께서 검각과 어느 정도 연이 있다고 말씀하셨습니다."

어느 정도 연이라는 말에 잠시 기대를 품었던 사내의 얼굴이 이내 실망을 바뀌고 말았다.

하남에 가면 대부분의 무관이 소림과 연관이 있다고 스스로를 내세우지만 그야말로 몇 다리를 걸쳐 살짝 옷깃만 스친 정도에 불과하고 정말 소림사와 연이 있는 곳은 극소수에 불과했다.

진유검과 전풍의 사부가 검각과 연이 있다 해도 그 또한 아마도 곁다리로 몇 수 가르침을 받은 것이 전부일 터였다.

'애송이들이군.'

사내가 보기에 진유검과 전풍은 자신들의 실력도, 세상물정도 모르고 그저 부푼 꿈을 안고 뭍에 오른 철부지에 불과할 뿐이었다.

"많이 위험할 수 있네."

사내가 애송이들에게 해줄 수 있는 최선의 충고였다.

"각오는 되어 있습니다."

"그렇다면야……."

사내는 자신의 호의를 거절한 진유검에게 더 이상 관심을 두지 않았다.

"출발은 내일 오전으로 예정되어 있네. 하지만 지원자가 많아 오후에 있을 간단한 심사를 통과해야 할 걸세. 이건 모집에 응해준 대가로 주는 것일세. 심사를 기다리는 사이 간단히 요기라도 하게나."

사내가 전낭 하나를 꺼내주며 말했다.

"감사합니다."

전낭을 받은 진유검이 가볍게 읍을 하며 물러났다.

"주군. 돈도 생겼겠다 시간도 많은데 술이나 한잔할까요?"

전풍이 전낭에 든 동전을 보며 수선을 떨었다.

"그것도 괜찮겠지. 이곳의 분위기를 살피는 것도 나쁘지는 않을 것 같으니까. 그리고 자꾸 잊는 것 같은데 분명 형님이라 부르라고 했다."

진유검의 눈빛이 엄해지자 전풍이 침을 꿀꺽 삼키며 대답했다.

"알겠습니다, 주군. 아, 아니, 형님."

진유검이 정색을 했을 땐 납작 엎드리는 것이 신상에 좋다는 것을 예전부터 깨달아온 그였다.

"그래, 그리고 명심해. 우린 그저 삼류 애송이일 뿐이다. 능력의 구 할을 감춰야 한다."

"꼭 이렇게 해야 합니까? 그냥 처음부터 신분을 밝히고 싹 쓸어버리시면……."

전풍이 인상을 찌푸리며 앓는 소리를 하자 진유검이 혀를 차며 말했다.

"파리가 무섭다고 피하냐? 더럽고 귀찮아서 피하는 거다. 난 그저 파리 떼가 꼬이는 것이 싫을 뿐이야. 그리고 미리부터 내 신분이 알려지면 놈들이 또 어떤 짓을 꾸밀지 모르잖아. 결정적일 때 멱줄을 확 틀어쥐어야 별다른 잡음이 없이 끝낼 수 있다."

"어련하시겠습니까? 옛날에는 안 그랬던 것 같은데 재수없이 눈만 쫙 찢어진 영감하고 붙어 다니시더니만 쓸데없이 잔꾀만 늘은 것 같습니다."

진유검은 자신이 눈만 찢어진 영감으로 폄하하고 있는 노인이 과거의 마도제일뇌(魔道第一腦)라는 것을 알 리 없는 전풍의 뒤통수를 후려치며 말했다.

"헛소리하지 말고 자리나 잡아. 일단 요기부터 하자."

"아이 씨! 제가 딴 데는 몰라도 뒤통수는 때리지 말라고 했잖습니까!"

전풍이 불같이 화를 내며 들이치자 진유검은 그 답례로 전풍의 뒤통수에 아예 별이 나타나도록 만들어 주었다.

투닥거리며 유흥객점의 일 층 식당으로 이동하는 둘을 지켜보던 사내가 한숨을 내쉬었다.

"이게 정말 잘하는 것인지 모르겠네. 어쩌다가 우리 수호표국이 여기까지 몰리게 된 것인지."

의협진가의 제자이자 수호표국의 선임표사 장초(張超)의

한숨은 쉽게 사그라들지 않았다.

"모두 백육십칠 명이 응시했습니다."

보고를 하는 유강의 목소리는 상당히 들떠 있었다.

그 스스로도 믿기지 않을 만큼 오전에 있었던 표사 모집은 성황리에 끝났다.

모집에 응하는 사람이 없을지도 모른다는 불안감을 느꼈다는 것이 민망할 정도로 엄청난 인원이 몰린 것이다.

"공자님의 제안이 저들에게 제대로 먹혔습니다."

유강은 때마침 나타나 망설이던 군웅들의 마음을 단번에 움직인 진호의 공을 추켜세웠다.

"대표두님께 맡기기로 해놓고 괜스레 저까지 나서는 것은 아닌지 많이 망설였습니다."

"아닙니다. 참으로 적절한 등장이셨습니다. 저들의 마음을 움직인 것은 무엇보다 돈입니다. 저의 재량으론 저들에게 세 배의 급료를 약속할 수 없었습니다. 다만 그만한 급료를 주었을 때 감당을 할 수 있을지가 걱정입니다."

"대표두님도 아시겠지만 지금은 이윤을 남기고 그렇지 않고의 문제가 아니라 표행에 실패를 하느냐, 그렇지 않느냐가 더 중요한 것 같습니다. 표행에 성공을 하면 어느 정도의 손해로 끝나겠지만 만약 실패를 하면……."

진호는 상상도 하기 싫은지 도리질을 쳤다.

"다소 무리가 있기는 하나 이 늙은이가 보기에도 아주 적절한 선택이란 생각입니다."

조용히 듣고 있던 곽정산까지 칭찬을 하고 나서자 진호의 어깨가 활짝 펴졌다.

"그런데 쓸 만한 자들은 몇이나 되던가? 노부의 눈에는 그리 많아 보이지 않는 것 같던데."

"지금 분류를 하고 있습니다. 많은 인원이 몰려서인지 생각보다는 괜찮은 자들도 꽤 있습니다. 특히 녹림판관 같은 친구는 경험이나 실력면에서 큰 도움이 될 자입니다."

"노부도 소문으로 들어본 적이 있네. 언뜻 보기에도 만만치 않은 기세가 느껴지더군. 단순한 알력으로 인해 저런 인재를 놓친 태호표국이 얼마나 한심하던지."

"이번 기회에 그를 아예 수호표국의 식구로 만드는 것이 어떨까요?"

진호의 말에 유강의 미간이 살짝 찌푸려졌다.

이번에 모집한 표사들은 어디까지나 일회용으로 수호표국의 표사는 의협진가의 제자로 한다는 전통을 깨고 싶은 마음은 없었기 때문이었다.

다만 그런 제안을 한 사람이 다름 아닌 진호라는 사실에 곧바로 반박을 하지 못할 뿐이다.

유강의 마음을 읽은 곽정산이 슬며시 개입을 했다.

"그런 문제는 이번 표행을 무사히 끝마치고 해도 늦지 않다고 봅니다. 지금 당장 중요한 것은 지원자들 중에서 옥석을 제대로 가려 우리가 필요한 인재를 채우는 것이지요. 어떤 식으로 준비를 할 생각인가?"

"비무만큼 확실하게 실력을 파악할 수 있는 방법도 없을 것입니다. 저와 표사들이 지원자들의 실력을 직접 확인해 볼 생각입니다."

고개를 끄덕이던 곽정산이 우려의 말을 건넸다.

"간자가 잠입할 수도 있네."

"해서 신분이 확실히 증명이 되는 이들에게만 시험 볼 자격을 주려 합니다. 아무리 급하다고 해도 간자들을 데리고 표행에 나설 수는 없을 테니까요. 유흥객점의 점주가 도움을 주기로 했습니다."

"그거 다행이군. 그 친구라면 신용할 만하지."

항주에서 나름 오랫동안 터를 잡고 있는 유흥객점이기에 그만큼 쌓인 인맥이나 정보력이 뛰어났다. 그들의 도움을 받는다면 간자가 침입할 위험을 그나마 최소로 할 수 있을 터였다.

"그런데 장로님."

"말하게."

유강이 진호의 눈치를 슬쩍 보며 물었다.

"언제까지 이렇게 당하고만 있어야 하는 겁니까?"

"무슨 뜻인가?"

곽정산의 미간이 잔뜩 좁혀졌다.

"무슨 뜻인지는 장로님께서 더 잘 아시지 않습니까? 근래 들어 수호표국에서 벌어지는 일들이 본가의 일과 연관되어 있음을 모르는 자가 없습니다."

"대표두!"

곽정산이 언성을 높였으나 유강은 개의치 않았다.

"이번 표행만 해도 그렇습니다. 표물을 의뢰한 곳이 다른 곳도 아니고 무창상단입니다. 최근 표행의 실패에 따른 배상을 하느라 운영에 어려움을 겪는 표국을 돕는다는 명목이야 그럴듯하지만 지난 행적을 돌이켜 볼 때 의도가 영 수상합니다."

"어허! 억측은 곤란하네."

곽정산이 진호의 눈치를 살피며 유강을 말렸다.

"억측이 아니라는 것은 장로님께서 더 잘 알고 계시지 않습니까? 본가에 계셔야 하는 장로님께서 바로 이곳에 계시는 것으로 이미 증명된 일입니다."

할 말이 없음인지 곽정산이 길게 한숨을 내뱉었다.

"그만하세. 이곳에서 길게 할 얘기는 아닌 것 같군."

그제야 진호가 더없이 어두운 얼굴을 하고 있다는 것을 의식한 유강이 떨떠름한 표정으로 고개를 끄덕였다.

"제가 너무 흥분했습니다. 죄송합니다."

"아니네. 자네 마음을 모르지 않으니 개의치 말게. 아무튼 지금은 믿을 만하고 실력 있는 표사들을 뽑는 것이 우선일세. 거기에만 집중을 해주게."

"알겠습니다. 그럼 물러나겠습니다."

유강은 진호와 곽정산에게 예를 표한 후 다소 기운 빠진 걸음걸이로 방문을 나섰다.

그의 뒷모습을 씁쓸하게 지켜보던 진호가 곽정산에게 물었다.

"그런데 정말 작은고모님이 저를 노리는 걸까요?"

곽정산은 차마 대답을 할 수가 없었다.

'작은고모뿐만이 아니라오, 공자.'

*   *   *

"표사들의 모집이 끝났다고?"

"그렇습니다. 대략 사십 명 정도 뽑았다고 합니다."

"자존심을 꺾기가 쉽지는 않았을 터인데 제법이군."

가볍게 술잔을 들이켜는 중년 사내, 무창상단에서 엄청난 돈을 쏟아부어 비밀리에 육성한 청룡대(靑龍隊)의 대주 마곤(馬坤)의 입가에 비릿한 조소가 지어졌다.

현 무창상단주 마척(馬陟)의 동생이자 청룡대를 이끌고 있는 마곤은 어려서부터 상재보다는 무재로 인정을 받은 것으로 유명했는데 지금은 능히 한 지역을 호령할 정도로 뛰어난 고수로 성장했다.

"그런데 수호표국에 대한 소문이 파다했을 터인데 생각보다 쉽게 구했군."

"처음엔 수호표국이란 이름을 감추고 유흥객점의 이름을 팔았다고 합니다. 게다가 급료를 두 배로 지급한다는 방을 붙이는 바람에 많은 사람이 몰렸다는군요."

"급했군. 급했어."

천하의 의협진가를 궁지에 몰았다고 여긴 것인지 마곤은 마치 즐거운 장난감을 눈앞에 둔 어린아이처럼 신나했다.

"결국 급료를 세 배까지 올린다는 말에 지원자들이 줄을 선 모양입니다."

"세 배라. 하긴 그만한 액수라면 어느 정도 위험은 감수할 수도 있겠지. 그것이 저승길의 노잣돈이 될 줄도 모르고 말이야. 하루살이 같은 것들."

가만히 술잔을 내려놓는 마곤의 얼굴에 살기가 깃들었다.

"준비는 되었느냐?"

"예, 이동이 예상되는 동선에 따라 완벽한 함정을 만들어 놓았습니다."

"자신하지 마라. 그 말은 이전에도 들었다. 네 녀석의 장담대로라면 놈들은 항주에 도착하지 못했어야 했어. 형님께 전서구를 띄우며 얼마나 면목이 없었는지 아느냐?"

"죄송합니다."

청룡대의 삼인자로 사실상의 두뇌 역할을 맡고 있는 이하교(李荷喬)가 민망한 얼굴로 고개를 숙였다.

"뭐, 그렇다고 그렇게 죽을상을 하지는 말고. 솔직히 본 대주도 곽정산 그 늙은이가 끼어 있을 줄은 생각도 못했으니까. 의협진가에서 그만한 실력을 지닌 고수도 찾아보기 힘들 정도니 어쩔 수 없지."

"송구합니다."

"그래서, 이번엔 어떤 놈들을 동원했느냐?"

"세 곳의 산채와……."

"또 녹림놈들이냐? 놈들이 그다지 도움이 되지 않는다는 것은 이미 지난번에 드러났다. 곽 늙은이 혼자서도 능히 쓸어버릴 수 있을 정도로 하찮은 놈들이야."

마곤의 음성에 짜증이 잔뜩 묻어났다.

"이번에 동원하는 놈들은 지난번 놈들과는 다릅니다. 녹림에서도 제법 존재감이 있는 놈들입니다. 게다가 주공은 따로 있습니다."

마곤이 그제야 찌푸려진 안색을 살짝 폈다.

"주공? 누구냐?"

"암혼각(暗魂閣)입니다."

잠시 펴졌던 마곤의 안색이 다시 굳어졌다.

그 이유를 알기에 이하교는 그의 불호령이 떨어지기 전에 재빨리 말을 이었다.

"일전의 실패는 그들이 수호표국을 너무 얕보았기 때문에 벌어진 일입니다. 이번은 다릅니다."

"다르긴 뭐가 다르단 말이냐?"

"암혼각이 자랑하는 특급살수 다섯이 모조리 동원되었습니다."

"호~"

마곤의 얼굴이 그제야 흥미롭다는 표정으로 바뀌었다.

"지난번의 실패로 암혼각으로서도 상당히 곤란한 지경일 겁니다. 땅에 떨어진 명예도 명예거니와 의뢰를 실패했기 때문에 토해내야 하는 금액이 상당하니까요. 이번엔 정말 죽기 살기로 덤벼들 겁니다."

"특급살수라면 일혼(一魂), 이혼(二魂), 삼혼(三魂), 이런 식으로 불리는 놈들 말이냐?"

"그렇습니다."

"흥, 말이 좋아 특급살수지 어차피 일혼인가 하는 늙은이를 제외하면 거기서 거기잖아."

"그렇긴 합니다만 그래도 무림에서 꽤나⋯⋯."

"됐고. 그놈들을 모조리 동원했다는 것을 보면 네 말대로 나름 성의를 보이는 것 같구나."

"부각주가 직접 움직인다고 하였습니다."

"부각주라는 자가 어떤 놈인지는 잘 모르겠지만 어쨌든 처음부터 그렇게 나섰으면 이런 소란을 떨 필요는 없었을 것 아냐? 멍청한 놈들. 이번엔 수호표국의 정식 표사도 몇 없고 대부분이 충원된 표사 놈들인데 그야말로 닭을 상대로 소 잡는 칼을 휘두르는 격이니."

"항주에 있는 놈들보다는 의협진가에서 움직이고 있는 지원군을 상대하기 위함으로 보입니다."

마곤의 짜증을 삭히고자 이하교가 에둘러 변명을 해보았으나 그 또한 의미가 없었다.

"쯧쯧, 한심한!"

"예?"

당혹스런 표정을 짓는 이하교에게 마곤이 서찰 한 장을 집어 던졌다.

"우린 그저 여기에 있는 놈들만 신경 쓰면 된다는 말이다. 지원군은 따로 처리하는 자들이 있다."

빠르게 서찰을 읽어 내려가던 이하교가 나직한 침음을 흘리며 고개를 끄덕였다.

"일이 훨씬 수월해지겠군요."

"당연하잖아. 당분간이긴 해도 한배를 탄 셈이니 저들도 최선을 다할 터."

"신도세가가 직접 움직이는 것은 아무래도 부담이 될 텐데 과연 어떤 자들을 이용해서 지원군을 치려는 것인지 궁금합니다."

"글쎄. 뭐, 어련히 알아서 잘하겠지. 우리처럼 산적 놈들이나 살수를 고용할 수도 있을 것이고. 아니면 상대의 실력을 감안해서 직접 나설 수도 있다. 정체가 드러나도 살인멸구만 제대로 하면 별 이상도 없을 테니 말이다. 아무튼 괜히 남의 밥상에 재 뿌리다가 날벼락 맞지 말고 미리미리 조심하라 전해라."

"알겠습니다. 그런데 조금은 걱정입니다, 단주님."

"뭐가 말이냐?"

"이번 일이 끝나면 다음은 본격적으로 후계자 다툼입니다. 솔직히 신도세가는 버거운 상대가 아니겠습니까?"

"그럴까?"

되묻는 마곤의 표정이 실로 자신만만하다.

"예?"

"무창상단이 아무리 돈이 많고 나름 힘을 키웠다고는 해도 감히 의협진가를 도모할 생각은 못한다. 만약 저들이 힘을 집중시킨다면 감당 자체가 안 되기 때문이지."

"그 말씀은……."

이하교의 눈동자가 더없이 커졌다.

"거기까지만 알아둬라. 중요한 것은 우리가 신도세가를 두려워할 이유가 전혀 없다는 것이다."

마곤이 가소롭게 웃으며 술잔을 들었다.

"사냥을……."

마곤의 말은 이어지지 못했다.

"대주님!"

문이 벌컥 열리며 수하 하나가 다급한 얼굴로 들이쳤기 때문이었다.

"무슨 일이냐?"

잔뜩 인상을 찌푸리는 마곤을 대신해 이하교가 독사 같은 눈을 부라리며 소리쳤다.

"수호표국이 방금 전, 유흥객점을 떠났다는 보고입니다."

"이건 또 무슨 헛소리냐? 보고에 의하면 출발은 내일 아침이라고 하지 않았나?"

마곤이 이하교를 돌아보며 물었다.

"허… 를 찔린 것 같습니다."

망연자실한 이하교가 고개를 떨궜다.

"병신 같은! 이제 어쩔 건데?"

마곤이 불같이 화를 냈다.

피가 나도록 입술을 깨문 이하교가 소식을 전해온 수하게
물었다.

"이동 경로는?"

"남쪽입니다."

"남… 쪽?"

통상적인 표행로가 아니었다.

심각한 얼굴로 생각에 잠겼던 이하교가 뭔가를 떠올린 것
인지 벌떡 일어났다.

"부춘강(富春江)!"

*　　　　*　　　　*

예정된 오전 출발이 아니라 새벽같이 유홍객점을 떠난 수
호표국은 표행의 방향을 남쪽으로 잡았다.

보통 항주에서 무창으로 가기 위해선 천목산(天目山)을 넘
어 계속 서북진한 뒤, 장강의 물줄기를 타고 이동하는 것이
가장 빠르고 안전하며 일반적인 길이라 할 수 있었다. 항주를
오가는 대다수의 상단과 표국들이 그 길을 이용했다.

하지만 항주로 오는 길에 적들로부터 대대적인 공격을 받은 유강은 표사들을 모집하기 전부터 천목산 길이 아니라 부춘강을 이동 경로로 선택하고는 표사들과 쟁자수, 표물을 실을 수 있는 배를 은밀히 수소문했고 확보를 했다.

그렇다고 표물을, 아니, 진호를 노리는 적들을 완전히 따돌릴 수 있다고 생각한 것은 아니다.

아무리 은밀하게 움직인다고 해도 표행의 특성상 적들의 시선을 벗어날 수는 없었고 최대한 가려냈다고는 해도 어쩌면 새롭게 모집한 표사들 중에 간자가 섞여 있을 수도 있었다.

그럼에도 부춘강을 이동 경로로 선택한 것은 첫째, 기존의 길보다 남쪽으로 많이 치우치기는 했어도 강을 이용하여 이동을 하기에 상대적으로 육로보다 위험성이 적다는 것이다. 이동 경로에 제운산이 버티고는 있었지만 표행이 제운산에 도착할 때쯤이면 의협진가의 지원군이 이미 마중을 나와 있을 터이니 그건 문제가 될 수 없었다.

둘째, 최적의 위치에서 미리 매복을 하고 수호표국을 기다리는 적의 의도를 무력화시키기 위함이었다.

공격은 있을 수 있지만 전장을 누가 선택했느냐는 것은 상당히 중요한 문제였다.

유강은 바로 그 전장을 부춘강으로 선택한 것이고 검증된

길을 버리고 전혀 엉뚱한 곳으로 움직이는 표행에 불안감을 느끼던 경험 많은 표사들은 유강의 의도를 깨닫고 저마다 무릎을 쳤다.

유강의 선택이 정확했다는 것은 표행을 떠난 지 나흘이 되도록 적의 그림자도 보지 못했다는 것으로 증명이 되었다. 그렇다고 위험에서 완전히 벗어났다고 여기는 사람은 아무도 없었지만.

"아함! 이거 기대와는 영 딴판인데요."

뱃머리에 기대어 연신 하품을 해대던 전풍이 불만을 토해 냈다.

"무슨 기대?"

"그렇잖아요. 돌아가는 주변 상황도 그랬고 우리가 표사 모집에 응할 때만 해도 당장에라도 피 튀기는 싸움이 벌어질 분위기였는데 이건 뭐 빈둥빈둥 시간만 때우는 겪이니."

전풍의 말에 진유검이 슬며시 주변을 돌아보며 핀잔을 주었다.

"헛소리 좀 그만해라. 누가 들으면 네놈을 강물에다 처박아 버릴 거다."

"누구를 강물에 처박아요? 저를요? 하! 저런 한주먹거리도 안 되는 놈들한테 당할 내가 아닙니다."

그렇잖아도 수호표국의 표사가 되는 과정에서 자신과 비

무를 벌였던 상대 표사를 박살 내기는커녕 오히려 연신 밀리다 비무를 끝냈다는 것에 자존심이 잔뜩 상한 전풍은 어디 걸리기만 해보라는 표정으로 고개를 홰홰 돌리며 으르렁거렸다.

"아니면 내가 처박아 줄까?"

진유검이 무표정한 얼굴로 슬며시 손을 뻗어오자 화들짝 놀란 전풍이 얼른 뒤로 물러났다.

진유검은 한다면 하는 인간.

그의 말이 농담이 아니라는 것은 수백, 수천 번도 넘게 경험한 그였다.

그래도 쌓인 불만이 완전히 사라진 것은 아니었다.

"정말 너무합니다, 주군. 아니, 형님. 제 마음을 어찌 이리도 몰라준단……."

울상을 지으며 내뱉던 전풍이 황급히 입을 닫았다.

가만히 손을 들어 자신의 말을 막고, 조용히 전방을 주시하는 진유검의 눈빛에서 뭔가를 느낀 것이다.

"이제 시작… 이군요."

초롱초롱 빛나는 전풍의 눈빛에 진유검이 가만히 고개를 끄덕였다.

"그래, 네 녀석이 원하는 대로 된 것 같다."

"흐흐흐! 좋군요. 그 쥐새끼들은 어디에 있는 겁니까?"

전풍이 좌우로 목을 돌리고 어깨를 연신 움찔거리며 묻자 그 꼴을 가소롭게 바라보던 진유검이 한마디를 툭 내뱉었다.

"가르쳐 준다고 아냐?"

4장

탁월한 능력(能力)

"쯧쯧, 한심한 놈들."

선임표사 장초는 뱃머리에 앉아 투닥거리고 있는 진유검과 전풍을 보며 영 못마땅해했다.

"왜?"

장초 옆에서 검을 손질하고 있던 주유망이 슬쩍 고개를 돌리며 물었다.

표사에 지원한 자들을 시험하는 과정에서 실력을 겨루다가 서로의 무공에 감탄을 금치 못한 두 사람은 이내 십년지기처럼 친하게 지내고 있었다.

"마음에 안 들어."

"누가? 아, 저 친구들."

뱃머리로 시선을 돌린 주유망이 이해했다는 얼굴로 미소를 지었다.

험악한 인상에 어울리지 않는 순박한 웃음이었으나 장초는 그 웃음마저 마음에 들지 않았다.

"웃긴. 아무리 생각해도 저놈들이 어떻게 시험을 통과했는지 모르겠어."

"그걸 네가 모르면 누가 알아? 직접 비무를 하고 합격까지 통보한 사람이 그런 말을 하면 안 되지."

"그러니까. 그게 영 이상하단 말이야. 분명 삼초지적도 되지 않는 실력이었는데 용케도 버텨내더란 말이지."

장초는 지금 생각해 봐도 어째서 자신이 그들을 상대하는데 그토록 애를 먹은 것인지 도저히 이해가 가지 않았다.

이십여 초가 넘도록 승부를 가리지 못해서 그냥 합격을 통보해야 했던 사람은 주유망을 제외하곤 오직 진유검과 전풍뿐이었다.

"아무튼 운 좋게 붙었으면 최선을 다해서 임무에 임해야지 저게 뭐냐고? 태도가 너무 불성실해."

"뭍에 처음으로 발을 디뎠다고 들었다. 모든 것이 새롭고 신기한 것이겠지. 즐겁기도 하겠고. 그렇다고 딱히 문제를 일으키거나 하지는 않잖아. 자기들끼리 장난 좀 치는 것 같지고 너무 뭐라 하지 말라고."

진유검과 전풍을 호의적으로 보고 있던 주유망이 달래보았지만 장초의 인식은 바뀌지 않았다.

"분위기를 흐리니까 그렇지. 지금이야 별일 없지만 언제적으로부터 공격을 받을지 모르는 상황이잖아. 항상 긴장을 하고 있어도 부족한 판에 저렇게 덜 떨어진 장난질이나 하고 있으니."

"그렇게 오랫동안 긴장을 하고 있으면 정작 필요할 때 몸이 굳는 법이다. 때로는 긴장을 푸는 것도 좋지. 다른 친구들 사이에선 나름 평판이 좋아."

"평판은 무슨 얼어 죽을! 어찌 되었건 마음에 들지 않아."

주유망은 진유검과 전풍을 계속해서 옹호했지만 한번 심사가 뒤틀린 장초는 그들의 모든 것이 마음에 들지 않았다.

바로 그때, 전풍이 그를 향해 다가왔다.

성큼성큼 다가오는 분위기가 마치 장초의 말을 듣고 기분이 상해 따지러 오는 듯한 모습이었다.

그게 또 기분이 나빴는지 장초가 잔뜩 인상을 찌푸리며 호전적인 자세로 한 걸음 나아갔다.

행여나 다툼이라도 있을까 주유망이 약간은 흥분한 장초를 슬쩍 말리며 물었다.

"무슨 일인가?"

"형님이 그러는데 아무래도 앞쪽이 수상하답니다."

순간, 주유망과 장초의 안색이 확 변했다.

"앞쪽이 수상하다니? 그게 무슨 뜻이냐?"

장초가 신경질적으로 물었다.

"형님이 다른 건 비리비리해도 냄새 하나는 기가 막히게 맡는 개콥니다. 섬에서 살 때도 바닷바람에 실려 오는 냄새를 맡고 돛도 보이지 않는 배의 존재를 알아차릴 정도였으니까요."

"그런데?"

장초가 떨떠름한 얼굴로 되물었다.

"조금 전부터 사람들의 땀 냄새가 전해온다고 하는데요. 그것도 한두 사람의 것이 아닌."

"땀… 냄새?"

장초와 주유망이 심각한 표정으로 시선을 교환했다.

현재 그들이 움직이고 있는 곳은 부춘강 상류로 인적이라곤 찾아볼 수가 없는 곳이다.

전풍의 말대로 진유검이 바람결에 실려 오는 땀 냄새를 맡을 수 있는 것이 확실하다면 충분히 주의를 해야 할 일이었다.

"확실한 거냐?"

장초가 미심쩍은 얼굴로 다시 물었다.

전풍이 엄지손가락을 치켜세우며 말했다.

"탁월한 개코라니까요."

"알았다. 일단 대표두님께 보고를 해야겠다."

장초가 황급히 선실로 들어갔다.

주유망은 주변의 표사들에게 주의를 주다 문득 진유검에게 고개를 돌렸다.

뱃머리에 서서 우두커니 전방을 주시하고 있는 진유검을 보는 주유망의 눈빛이 묘했다.

'확실히 기이한 친구야.'

그의 말대로 적의 존재가 확실하다면 곧 큰 싸움이 벌어질 것이다.

그런데 무림에 첫발을 내딛은 애송이 표사의 행동치고는 너무 대담했다.

긴장은커녕 여유로움이 넘쳐흘렀다.

표사의 길에 접어든지 어느새 십오 년, 나이는 많지 않아도 수많은 경험을 해온 그의 감각이 진유검을 주시하게 만들었다.

그사이 장초의 보고를 받고 유강과 진호, 곽정산 등이 서둘러 선상으로 올라왔다.

"상황이 어떤가?"

유강이 물었다.

"아직 별다른 이상은 없습니다."

"다행이군."

고개를 끄덕인 유강이 진유검에게 시선을 돌렸다.

"그런데 저 친구의 말은 믿을 수 있는 것인가?"

주유망이 고개를 흔들었다.

"모르겠습니다. 그래도 혹시 모르는 것이니 주의를 하는 것이 좋을 듯합니다."

쿠쿵!

마치 대답이 끝나는 것을 기다린 것처럼 둔탁한 충격과 함께 주유망의 몸이, 아니, 선상에 있던 모든 이의 몸이 기우뚱거렸다.

"이게 무슨 일이냐?"

곽정산이 비틀거리는 진호의 몸을 부축하며 소리쳤다.

"배에 뭔가가 걸린 것 같습니다."

유강이 당황한 기색이 역력한 선장에게 물었다.

"암초인가?"

"아, 아닙니다. 이 근처에 배를 멈추게 할 정도의 암초는 없습니다."

평생을 부춘강을 오르내린 선장이 영문을 모르겠다는 얼굴로 고개를 흔들었다.

모든 이의 안색이 딱딱하게 굳었다.

암초에 부딪친 것도 아닌데도 배가 갑자기 멈췄다는 것은 오직 한 가지 이유뿐이다.

"쇠사슬입니다!"

고개를 빼고 강물을 살피던 장초가 배를 막고 물속을 가로지르고 있는 굵은 쇠사슬을 발견하고 소리쳤다.

유강이 즉시 명을 내렸다.

"표사들은 적의 공격에 대비하고 쟁자수들은 즉시 선실로 들어가라."

겁에 질린 쟁자수들이 선상에서 사라지자 유강이 안색이 하얗게 변한 선장을 불렀다.

"혹 인근에 녹림도나 수적들이 있소?"

"노, 녹림은 없습니다. 수적이 있기는 하지만 주로 배가 많이 다니는 하류 쪽에서 활동하지 여기까지 올라오지는 않습니다."

"그렇다면 역시……."

유강과 곽정산이 마주보며 고개를 끄덕일 때 앞쪽에서 휘파람 소리가 들려왔다.

다들 휘파람 소리를 따라 고개를 돌렸다.

입가에서 손을 뗀 진유검이 담담히 말했다.

"냄새가 점점 진해지고 있습니다. 적들이 곧 들이닥칠 것 같군요."

그를 보는 이들의 표정이 살짝 일그러졌다.

명색이 무공을 익힌 자가 어떤 기감이나 기운을 감지한 것도 아니고 냄새라니!

그래도 뭐라고 할 수도 없었다.

비웃지도 못했다.

그 누구보다 먼저 적의 존재를 눈치채고 경고까지 한 사람이 다름 아닌 진유검이기 때문이었다.

그의 말을 확실히 증명이라도 하듯 산을 끼고 휘어진 강줄기 뒤편에서 두 척의 배가 모습을 드러냈다.

"혹, 부춘강에서 활동한다는 그 수적인가?"

곽정산의 물음에 선장이 고개를 저었다.

"아닙니다. 그놈들의 배가 아닙니다."

"알았네. 이곳은 위험하니 자네도 어서 선실로 피하게."

선장은 뒤도 돌아보지 않고 뒷걸음질 쳤다.

그런데 어느 순간 다가온 진유검이 선장의 팔을 잡았다.

"그냥 가면 안 되지요."

진유검의 손에 잡힌 선장이 옴짝달싹 못하자 곽정산이 불같이 화를 냈다.

"이게 무슨 짓이냐? 무공도 모르는 사람을 싸우게 할 셈이냐?"

"설마요."

고개를 흔든 진유검이 선장에게 말했다.

"일단 배는 빼주고 피해야 할 것 아닙니까?"

선장이 아무런 대답도 못하고 멍하니 바라볼 때 진유검이 시선이 곽정산과 유강에게 향했다.

"이대로 멈춰 서서 있으면 화살 맞아 죽기 딱 좋습니다."

그의 말이 끝나기도 전에 상대편 배에서 엄청난 양의 화살이 쏟아지기 시작했다.

"화살이다!"

장초와 주유망을 비롯하여 개중 실력이 뛰어난 표사들이 풍차처럼 검을 휘두르며 쏟아지는 화살의 대부분을 쳐냈다.

그래도 상당량의 화살이 배로 쏟아졌다.

두두두두!

비가 오는 듯한 소음이 배를 가득 채웠다.

"문제는 적이 저놈들뿐만이 아니라는 거지요. 이쪽저쪽에서도 냄새가 지독해요."

진유검이 강의 좌우를 가리키며 코를 움켜쥐었다.

유강의 얼굴이 딱딱하게 굳었다.

진유검 말대로 강의 좌우에도 적이 매복을 하고 있다면 배가 앞으로 나아가지 못하는 지금 그야말로 독 안에 든 신세나 마찬가지였다.

좌우 강폭이 이십 장이 채 되지 않기에 화살의 사정거리에 완벽하게 걸리기 때문이었다.

게다가 적들이 기름을 먹인 불화살이라도 쏴댄다면 대응할 방법이 전혀 없다.

유강은 진유검이 몸을 피하는 선장을 붙잡고 배를 뭍으로 대라는 이유를 비로소 깨달았다.

"부탁하겠소, 선장. 안전은 확실하게 책임을 질 테니 어서 배를 뭍으로 대주시오."

"하, 하지만……."

"자, 봐요. 어물쩍거리면 통구이가 되서 다 죽습니다."

진유검이 선장의 고개를 한쪽으로 돌려주었다.

"으힉!"

선장은 자신을 향해 날아오는 불화살을 보며 두 눈을 질끈 감았다.

불화살을 툭 쳐낸 진유검이 씨익 웃었다.

"그러니까 빨리요."

하지만 그마저도 쉬운 것은 아니었다.

수호표국을 위해 준비된 쇠사슬은 앞서 배의 움직임을 막았던 것만이 아니었다.

"뒤쪽에서도 쇠사슬이 올라왔습니다."

한 선원의 입에서 다급한 외침이 튀어나왔다.

공격을 시작한 적이 완벽하게 퇴로를 차단하기 위해 바닥에 가라앉아 있던 또 하나의 쇠사슬을 위로 끌어올린 것이다.

"배의 방향을 틀 수 있소?"

유강히 다급히 물었다.

"쇠, 쇠사슬 때문에 확신할 수는 없지만 가능은 할 것 같습니다."

"그럼 부탁드리겠소."

유강의 음성에 실린 절박함에서 배를 돌려 뭍에 대는 일에 수호표국은 물론이고 자신의 목숨까지 걸렸다는 것을 깨달은 선장은 두려움에 벌벌 떨면서도 그때까지 눈치를 보고 있던 선원들을 일사분란하게 지휘하기 시작했다.

"대표두님."

화살을 막고 있던 장초가 다급히 유강을 불렀다.

"무슨 일이냐?"

"배 밑으로 접근하는 놈들이 있는 것 같습니다. 엄청난 속도입니다."

"배 밑이라면……."

"지독한 놈들. 배에 구멍을 뚫을 셈이군."

곽정산이 이를 꽉 깨물었다.

"큰일입니다. 뭍에서라면 모를까 물속에선 놈들을 막을 방법이 없습니다."

"물질에 능한 자가 없는가?"

곽정산이 표사들을 향해 소리쳤다.

아무도 대답하지 않았다.

물질이라 봐야 그저 헤엄이나 치는 정도지 딱히 수공이라 할 정도의 수준을 지닌 사람은 아무도 없었다.

"일 났군. 선장이 배를 돌리기 전에 놈들의 공격을 막지 못하면 뭍에 오르긴커녕 아예 수장을 당하겠어."

"어, 어찌해야 합니까, 대표두?"

진호가 당황하여 물었다.

유강이라고 뾰족한 답이 있지는 않았다.

"자, 장로님."

진호가 곽정산을 불렀지만 곽정산 또한 아무런 답도 해주지 못했다.

진호의 물음에 대한 답은 엉뚱한 곳에서 들려왔다.

"물속으로 접근하는 놈들은 걱정하지 마십시오."

진유검이었다.

"오! 무슨 좋은 방법이라도 있는 것인가? 혹, 자네가 수공에……."

유강이 반색을 하며 물었다.

"아니요. 그냥 헤엄 정도는 칠 수 있지만 그 정도까지는 아닙니다."

물론 거짓말이다.

무영도 주변의 거친 해류에서 목숨을 걸고 수련을 한 그에게 수공 운운하는 것 자체가 우스운 일이었다.

잠시 기대를 품었던 이들의 안색이 급격히 어두워질 때 진유검이 걸음을 옮기며 말했다.

"자자, 걱정하지 마시고 선장이 배를 잘 돌릴 수 있도록 돕기나 하시지요."

진유검은 배 위로 쏟아지는 화살을 슬쩍슬쩍 피하며 장초등이 있는 곳으로 다가갔다.

그리곤 오만상을 찌푸리며 화살을 막는 표사들과는 달리 적들을 향해 화살에 힘이 없다느니, 상대를 쓰러뜨리겠다는 의지가 실려 있지 않다느니 하며 조롱을 하고 욕설을 퍼부으며 날뛰고 있는 전풍의 뒷덜미를 낚아챘다.

"어! 주, 아니, 형……."

황급히 고개를 돌리는 전풍.

갑자기 자신의 몸이 붕 뜨는 것에 당황할 때 진유검의 음성이 들려왔다.

"네가 좋아하는 쥐새끼들이 배 밑으로 오고 있단다. 알아서 처리해. 그리고 자꾸 개코 운운하지 마라. 듣기 별로 안 좋다."

"젠장! 그럼 그냥 말로 하면……."

전풍은 미처 말을 끝마치기도 전에 물속으로 처박혔다.

바로 곁에서 함께 싸우던 장초와 주유망은 물론이고 뒤편에서 진유검의 행동을 지켜보던 이들 모두 할 말을 잃고 멍한 눈으로 그를 바라보았다.

진유검이 씨익 웃으며 말했다.

"저 녀석이 어릴 적부터 섬에서 살며 거친 파도와 싸워서 그런지 딴 건 몰라도 물질 하나는 봐줄 만합니다. 믿고 맡겨 보세요."

배를 침몰시키려는 목적을 가지고 접근하는 암혼각 살수들의 수는 모두 일곱이었다.

암혼각에서도 특히 수공에 능한 자들을 고르고 골랐기에 개개인의 잠영(潛泳) 능력은 타의 추종을 불허했다.

제아무리 명성 높은 수호표국이라도 물속에서만큼은 자신들의 상대가 되지 않는다는 것을 확신이라도 하듯 물살을 헤치며 접근하는 그들의 움직임엔 거침이 없었다.

예상대로 수호표국에서 그들을 막을 수 있는 사람은 존재하지 않았다.

몸의 중심도 제대로 잡지 못하고 무참히 물속으로 처박힌 전풍이 등장하기 전까지는.

'응?'

수호표국의 배를 침몰시키라는 명을 받고 움직이던 사혼은 갑작스런 물의 파동에 놀라 수하들에게 재빨리 수신호를 보냈다.

주의를 하라는 사혼의 수신호에 의해 살수들의 움직임이 일제히 멈췄다.

그들 눈앞에 천천히 팔다리를 놀리며 자세를 바로잡는 전풍의 모습이 들어왔다.

전풍을 살피는 사혼의 눈에 이채가 떠올랐다.

처음 예상으론 화살을 맞고 배에서 떨어졌거나 아니면 화살을 피하다 중심을 잡지 못해 추락한 멍청이라고 생각했다.

그런데 아니었다.

상대는 화살을 맞은 흔적도 없었고 피도 흘리지 않았다.

무엇보다 물에 빠졌음에도 당황하기는커녕 동네 개울가에서 물놀이를 즐기는 아이처럼 느긋하고 여유가 있었다.

물에 대한 인간의 공포는 원초적인 것.

그것을 무시할 수 있는 자라면 정말로 자맥질에 능하거나 자신들처럼 어떤 특별한 훈련을 통해 수공을 익힌 자라 판단해도 무방했다.

'만만치 않은 놈이다.'

사혼은 곧바로 수신호를 보냈다.

그의 수신호를 받은 살수들이 좌우로 퍼지더니 서서히 전풍을 압박하기 시작했다.

살수들의 손에 들린 시퍼런 칼을 보며 전풍의 입꼬리가 살짝 올라갔다.

'쥐새끼들! 네놈들 때문에 내가 요 꼴이 됐다.'

전풍의 입모양을 보고 그가 말하고자 하는 내용을 파악한 사혼의 눈빛이 차갑게 굳었다.

자신을 암혼각의 특급살수 중 네 번째로 만들어준 위기의식이 스멀스멀 피어오르기 시작했다. 그러나 이미 공격은 시작되었고 물러설 수도 없었다.

'죽여라.'

불길한 느낌을 지우기 위해서라도 선공은 필수였다.

전풍을 향해 전후좌우, 위아래에서 공격이 밀려들었다.

빠져나갈 틈이 없는 것은 물론이고 그 움직임이나 속도가 물속에서 이뤄지는 것이라곤 생각할 수도 없을 정도로 날카롭고 신속했다.

그에 반해 전풍은 아무런 대응도 하지 않았다.

그것을 본 사혼은 갑작스런 적의 등장에 자신이 너무 예민하게 반응한 것은 아닌지 의심을 했다.

한 줌의 숨으로 일각 이상 호흡을 멈추는 것은 물론이고 인간이 물속에서 움직이는 속도의 네다섯 배를 내기 위해 그동안 얼마나 지독한 훈련을 겪었던가.

그렇게 갈고닦은 능력을 잠시라도 의심했던 것이 한심스러울 정도였다.

사혼은 온몸에 칼을 맞고 난도질되어 한낱 고기밥이 될 상대의 최후를 느긋하게 지켜보려 했다. 그런 사혼의 눈에 전풍의 입모양이 각인되듯 들어온 것은 운명의 장난이라 할 수 있었다.

'지랄들 한다.'

사혼의 눈빛이 의혹으로 흔들렸다.

그가 죽음을 눈앞에 둔 상황에서 도저히 할 수 없는 말을 내뱉는 상대의 정신 상태를 의심할 때, 절체절명의 순간에서 마치 물고기처럼 쉽사리 몸을 빼낸 전풍이 슬쩍 주먹을 내뻗었다.

그런데 물을 가르며 나아가는 주먹의 속도가 살수 등이 상상하는 것보다 몇 배는 빨랐다.

짧은 파동이 사혼에게 전해졌다.

파동이 전해지기도 전에 얼굴이 완전히 뭉개진 상태로 뒤로 튕겨져 나가는 수하의 모습이 들어왔다.

사혼이 갑작스레 벌어진 상황을 의식하고 경악하는 순간, 전풍의 몸은 이미 또 다른 살수의 앞으로 이동을 했고 강력한 주먹으로 그의 아랫배를 강타했다.

깊은 물속에서도 똑똑히 느껴질 정도의 몸부림과 함께 몸이 반으로 꺾인 살수의 입에서 토사물과 함께 검붉은 피가 쏟아져 나왔다.

찰나지간에 두 명의 동료를 잃은 살수들이 나름 반격을 하기 위해 전열을 가다듬으려 하였으나 전풍은 이미 그들의 시선을 벗어나 배후로 돌아간 상태였다.

사혼의 눈이 찢어질듯 부릅떠졌다.

가까이에 있는 수하들은 전풍의 움직임을 보지 못했을지 몰라도 그는 전풍이 얼마나 빠른 속도로 움직였는지 똑똑히 목격했다.

물에서 쓸 수 있는 경공이 있다면 바로 그러하듯 인간의 속도라고는 도저히 인정할 수 없는 빠름이었다.

게다가 무기도 쓰지 않고 오로지 주먹만으로 수하들을 격살했다.

이건 단순히 강적이 아니라 괴물이라 해도 무방했다.

'도, 도망쳐야 한다.'

하나 남은 수하마저 목이 부러져 즉사하는 것을 확인한 사혼은 대항은커녕 뒤도 돌아보지 않고 몸을 움직였다.

열아홉에 첫 살행에 나선 이후, 백 번이 넘는 청부를 완벽하게 완수하면서 암혼각의 특급살수라는 칭호를 얻었지만 그까짓 것들은 지금의 상황에서 아무런 도움도 되지 못했다.

하지만 얼마나 움직였을까?

자신의 아래쪽에서 얼굴 하나가 쓰윽 나타나는 것을 본 사혼은 그야말로 숨이 멎는 공포를 느껴야 했다.

'쥐새끼처럼 도망은 잘 치는구나. 느려서 탈이지만.'

결코 보고 싶지 않았음에도 전풍의 입모양은 저주가 되어 뇌리에 쏙쏙 박혔다.

차갑게 비웃는 얼굴은 어두운 물속에서 더욱 괴기스러운 느낌으로 다가왔다.

공포감이 극대화되자 우습게도 내면 깊숙한 곳에서 거센 반발심이 올라왔다.

자신도 한때는 사선을 즐겁게 넘나들던 특급살수가 아니던가!

'죽을 때 죽더라도 최후의 반격은……'

어림없는 생각이었다.

전풍은 상대에게 최후의 반격은커녕 아예 대항의 여지를 줄 생각이 없었다.

팔다리에서 전해지는 고통에 사혼의 눈은 금방이라도 튀어나올 듯 팽창했다.

쩍 벌어진 입으로 들이친 차가운 물이 순식간에 폐를 잠식했다.

숨이 막힌 사혼이 미친 듯이 팔다리를 움직였다.

그때마다 엄청난 고통이 전해졌으나 숨통이 막히는 공포

에 비할 바는 아니었다.

'조, 조금만. 조금만 더.'

수면이 얼마 남지 않았다는 것에 마지막 힘을 쥐어짜는 사혼.

수면 밖으로 얼굴을 내밀고 간신히 한모금의 숨을 들이마셨을 때 전풍의 손이 슬며시 그의 발을 잡아당겼다.

'아, 안 돼!'

사혼은 다시 잡혀 들어가지 않기 위해 부러져 흐느적거리는 팔다리를 필사적으로 움직였다.

안타깝게도 그의 의도와는 상관없이 몸은 수면에서 조금씩 멀어졌다.

사혼의 몸을 자신의 앞으로 끌어당긴 전풍이 악귀 같은 웃음을 지어 보였다.

'주군이란 위인이 물속에 조금 더 처박혀 있으란다. 너무 빨리 올라오면 의심을 산다나. 올라올 때 몸에 적당히 생채기도 내라고 하고. 하니 네놈은 나랑 조금 더 놀아야겠다. 그래도 일각만 버텨 봐라. 혹시 아냐? 그러면 목숨만은 살려줄지.'

전풍의 입모양을 읽은 사혼은 삶에 대한 미련을 확실하게 버렸다.

사혼은 몸에 남은 한 줌의 힘을 끌어모아 자신을 유희 상대로 삼고자 하는 전풍에 대항했다.

혀를 깨물어 목숨을 끊어버린 것이다.

축 늘어지는 사혼을 보면서도 전풍은 살짝 인상을 찌푸렸을 뿐 별다른 반응을 보이진 않았다.

애당초 사람의 목숨을 파리 목숨보다 못하게 여기는 살수 따위를 동정하고픈 마음은 눈곱만큼도 없었다.

전풍이 배를 침몰시키기 위해 접근하는 살수들을 쓸어버리는 동안 선장과 선원들의 눈물겨운 노력 덕분에 쇠사슬에 갇혔던 배는 기적적으로 방향을 틀었고 뭍에 이를 수 있었다.

그사이 배 위로 쏟아진 무수한 불화살로 인해 배 곳곳에서 불길이 치솟았다.

표물을 꺼낼 시간이 없다고 판단한 유강은 즉시 배를 버리고 몸을 피하라는 명을 내렸다.

물론 뭍에 오른다고 상황이 크게 나아지는 것은 아니었으나 일단 강 한가운데에 고립되어 있다는 것과 그렇지 않다는 것은 차이가 컸다.

"버러지 같은 놈들! 가만두지 않을 것이다."

배에서 뛰어내린 곽정산이 이를 부득 갈며 소리쳤다.

환영이라도 하듯 그를 향해 십여 발의 화살이 날아들었다. 그러나 배 안에서 옴짝달싹하지 못하던 조금 전과 두 다리를 지면에 붙이고 있는 지금의 양상은 차원이 달랐다.

소매를 한 번 휘젓는 것으로 자신에게 짓쳐 들던 화살을 무력화시킨 곽정산의 신형이 허공으로 치솟았다.

궁수대의 위치를 확인하고 돌진하는 곽정산의 기세는 상처 입은 늙은 호랑이만큼 위협적이었다.

"장로님!"

적진으로 홀로 뛰쳐나가는 곽정산을 걱정한 유강이 장초에게 뒷수습을 맡기고 몸을 날렸다.

장초는 표사들로 하여금 겨우 목숨을 부지한 쟁자수들과 선장, 선원들을 보호하라는 명을 내리고 몇몇 표사에겐 주변에 몸을 숨기기 좋은 장소가 있는지 확인하라 하였다.

하지만 굳이 장소를 찾을 필요도 없었다.

부춘강에 모습을 드러냈던 두 척의 배도 물러났고 맹렬히 화살을 날려대던 궁수대가 분노한 곽정산과 유강의 검에 의해 완전히 박살이 나면서 일체의 공격이 멈췄기 때문이었다.

"괘, 괜찮으십니까, 장로님?"

장초의 보호를 받으며 초조하게 곽정산을 기다리던 진호가 피투성이가 되어 돌아오는 곽정산의 모습에 기겁을 했다.

"괜찮습니다."

"하지만 피가……."

"놈들의 핍니다. 한 놈도 살려 보내지 않고 모조리 쓸어버렸습니다."

곽정산이 피가 뚝뚝 떨어지는 검을 휙휙 흔들며 말했다.

"정말 다행입니다. 제가 얼마나 걱정을 했는지 모릅니다. 대표두님도 고생하셨습니다."

"아닙니다. 저는 별로 한 게 없습니다. 장로님께서 워낙 대노하셔서요."

유강이 멋쩍은 얼굴로 고개를 흔들었다.

그는 새삼스런 눈길로 곽정산을 바라보았다.

일전에 항주로 오는 길에서도 확인한 것이지만 눈 깜짝할 사이에 궁수대를 쓸어버리는 무위를 보니 그가 어째서 의협진가에서도 손꼽히는 고수인지 다시금 느낄 수 있었다.

"그나저나 큰일입니다. 배가 저리되어서야……."

유강이 화염에 휩싸인 배를 보며 탄식을 했다.

"어떻게든 표물을 구했어야 했습니다."

"아니지요. 당연히 사람의 목숨이 먼저입니다."

진호는 표물을 버리고 쟁자수들의 안전을 우선한 유강의 선택을 절대적으로 존중했다.

"쟁자수들은 다들 무사한 것 같은데 표사들의 피해는 얼마나 되느냐?"

곽정산이 물었다.

"셋이 목숨을 잃었고 두 명은 중상입니다. 부상자가 몇 명

더 있기는 하지만 크게 신경 쓸 정도는 아닙니다."

장초가 다소 침울한 표정으로 대답했다.

"셋이라……."

사방에서 쏟아진 엄청난 화살의 양을 떠올리면 피해라고 할 수도 없는 수준이었지만 표물을 잃고 희생자가 발생했다는 것 자체만으로도 분위기는 최악이었다.

"그래도 저 친구 덕분에 더 큰 위기는 없었던 같습니다."

주유망이 진유검을 가리키며 말했다.

진유검은 수호표국, 나아가 어쩌며 의협진가의 운명을 좌우할 표물을 모조리 잃었음에도 제법 의연하게 대처하고 있는 진호를 담담한 눈길로 바라보고 있었다.

"그렇지. 누가 뭐라 해도 이번의 위기를 넘긴 것은 저 친구의 공이 컸지."

곽정산이 진유검의 공로를 크게 치하하며 물었다.

"너의 정확하고 신속한 판단이 아니었으면 아무것도 못하고 당할 뻔했구나. 그래, 이름이 뭐라고 했지?"

"진유검이라 합니다."

"진… 유검?"

곽정산이 고개를 갸웃거렸다.

진씨 성을 쓰는 사람이야 어디서든 만날 수 있었지만 유검이란 이름은 분명 어디선가 들어본 적이 있는 것 같았기 때문이었다.

"주산에서 온 친구입니다. 검각과도 약간의 인연이 있는 듯하고요."

유강이 곁으로 다가와 한마디를 덧붙였다.

"오! 그랬군. 어쩐지 범상치 않더라니."

검각이란 말에 곽정산도 조금은 놀라는 눈치였다.

"그런데 동생분은 어찌 됐습니까? 배가 무사히 뭍에 도착한 것을 보면 배를 공격하려던 자들을 막아낸 것이 분명한데 모습이 보이질 않습니다. 혹, 그 과정에서……."

진호가 진유검의 손에 의해서 강물에 처박히던 전풍을 떠올리며 물었다.

따지고 보면 이번 싸움에서 가장 결정적인 공을 세운 사람은 배를 침몰시키려는 자들을 홀로 막아낸 전풍이라 할 수 있었다.

"아! 맞다. 그 친구."

"홀로 물속으로 뛰어 들어가지 않았나?"

"뛰어 들어갔다고 하기엔 조금 그렇고."

진호가 언급한 뒤에야 다들 전풍을 기억하고 수선을 떨었다.

"걱정하지 마십시오. 홀로 적을 상대했다는 것이 조금 걱정이기는 하지만 무사할 겁니다. 머리부터 발끝까지 워낙 튼

튼한 녀석이라서요."

진유검의 말이 끝나기가 무섭게 활활 타오르는 배 옆으로 전풍이 비틀거리며 모습을 드러냈다.

어설픈 연기에 진유검의 입에선 실소가 터져 나왔으나 다른 이들은 그렇지 않았다.

"무사했군!"

주유망이 단숨에 달려가 전풍을 부축했다.

곳곳에 핏줄기가 비치는 것이 한눈에 보아도 상당한 부상을 당한 듯 보였다.

"괜찮나?"

"그럭저럭 괜찮습니다."

전풍이 짐짓 고통스런 표정을 지으며 대답했다.

"자네가 우리를 살렸네."

주유망이 엄지를 치켜세웠다.

그를 시작으로 유강과 곽정산은 물론이고 대다수의 표사가 전풍의 공을 칭찬했다.

평생 칭찬보다는 구박에 익숙했던 전풍은 거듭되는 칭찬에 자신도 모르게 입을 헤벌쭉 벌렸다.

"제가 좀 합니다."

기고만장한 전풍의 모습을 더 이상 지켜볼 수 없었던 진유검이 슬쩍 화제를 돌렸다.

"피비린내가 진동을 하는군요. 좋지 않습니다. 적은 아직 확실하게 물러난 것이 아닙니다. 금방이라도 공격이 있을 것 같습니다."

"틀림없는 건가?"

즉각적으로 질문을 던지면서도 유강은 스스로 바보 같다는 생각을 했다.

진유검은 이미 자신의 능력(?)을 확실하게 입증하지 않았던가.

대답은 진유검이 아니라 전풍의 입에서 흘러나왔다.

"개코라니까요. 탁월한 개코!"

자신이 칭찬 받는 분위기에 찬물을 끼얹은 것에 대한 전풍의 사소한 복수였다.

5장

암혼각(暗魂閣)의 살수(殺手)

　수호표국의 표물을 실었던 배가 침몰한 곳에서 대략 십 리 정도 떨어진 야산.

　임무의 실패를 보고받은 암혼각 부각주는 머리끝까지 뻗치는 화를 간신히 억누르고 있었다.

　"그러니까 놈들은 이번에 새롭게 뽑은 표사 몇 놈 뒈진 것에 불과한데 우리는 강변에 배치한 궁수대 하나가 완전히 박살 났다는 말이잖아."

　"그렇습니다. 후퇴하라 명을 내렸지만 꽉 늙은이가 워낙 빠르게 치고 오는 바람에 한 놈도 도주하지 못하고 모조리 목숨을 잃었습니다."

삼혼의 대답에 부각주는 이를 부득 갈았다.

"병신 같은 놈들! 뭐, 그런 한심한 놈들은 됐고."

부각주의 날카로운 눈빛이 좌측으로 향했다.

"중요한 것은 어째서 배가 강변까지 도착할 수 있었느냐는 것. 애당초 이번 작전은 놈들의 배를 강에 묶어놓고 그대로 침몰을 시키는 것이었습니다. 사혼에게선 연락이 없었습니까?"

부각주의 질문에 여느 촌락에서도 흔히 만날 수 있는 평범한 노인이 담담히 대꾸했다.

"없었습니다."

"그걸로 끝입니까? 대체 왜 연락이 없는 것인지, 어째서 일을 실패했는지에 대해 보고를 해야 하지 않겠습니까?"

부각주가 짜증나는 음성으로 물었다.

"그러게요. 우리 중에서도 물속에선 놈을 당해낼 사람이 없는데 상황이 이렇게 되어버리니 이 늙은이도 조금은 당혹스럽군요."

그러나 표정 어디에도 당혹스럽다는 느낌은 없었다.

"아, 한 가지는 확실합니다."

"그게 뭡니까?"

"임무를 받은 살수가 실패를 했다는 것은 곧 죽음을 의미하는 것. 녀석들은 이미 물고기 밥이 되었을 겁니다."

"뭐요? 그게 지금 할 말이……."

따지려던 부각주는 노인의 눈동자가 착 가라앉아 있는 것을 감지하곤 그대로 입을 다물었다.

"일혼을 절대로 함부로 대하지 마라. 비록 이 아비의 수하나 지금껏 함께 사선을 넘어왔고 특히 다른 특급살수들에겐 사부와도 같은 친구. 그는 네가 암혼각을 이어받을 수 있는 자격이 있는지 냉정하게 살필 것이다. 명심해라. 그 친구가 자격이 없다고 판단하면 너는 결코 암혼각의 주인이 될 수 없다."

부각주는 부친의 당부를 떠올리며 흔들리는 마음을 다잡았다.

"이해하십시오. 제가 조금 흥분했습니다."

"혈기 넘치는 때이니 그럴 수 있지요."

일혼이 부드럽게 웃으며 고개를 끄덕였다.

"아무튼 가장 알기 쉽고 성공 가능성이 높았던 계획이 실패했습니다. 이제 어찌하실 생각인지요?"

"실패를 생각해 보지 않았기에 조금 당황스럽기는 하지만 그래도 걱정은 하지 않습니다."

"또 다른 계획이라도 있으신 겁니까?"

부각주가 얼른 물었다.

"계획이랄 것도 없지요. 그저 저 아이들의 능력을 믿을 뿐입니다."

자신이 직접 가르친 특급살수를 슬쩍 바라보는 일혼의 입가엔 여전히 미소가 지어져 있었다.

"또 독이란 말인가?"

곽정산이 어이가 없다는 표정으로 물었다.

어이없기는 유강 또한 마찬가지였다.

"그렇습니다. 하니 어찌하는 것이 좋겠습니까?"

"물은 어느 정도나 남았는가?"

"이미 떨어졌습니다. 문제는 식수뿐만이 아닙니다."

"식수만이 아니라면 다른 문제라도 있는 것입니까?"

진호가 걱정스런 얼굴로 물었다.

"식량도 부족합니다."

"그거야 사냥을……."

곽정산이 놀란 눈을 치켜떴다.

"예, 놈들이 완전히 미친 모양입니다. 닥치는 대로 독을 살포하여 대부분의 동물이 심각한 독에 중독되어 있었습니다. 살아 있는 사냥감이 없는 것은 물론이고 설사 살아 있다고 해도 일단 의심을 해봐야 하는 상황입니다."

"정말 미칠 노릇이군. 이래서야 함부로 사냥을 할 수도 없지 않은가?"

"문제는 인근에 식량이나 식수를 얻을 만한 인가가 전혀 없다는 겁니다. 아시다시피 화전을 일구던 가족이……."

유강은 말을 잇지 못하고 얼굴을 일그러뜨렸다.

반나절 전에 수호표국을 노리는 살수들에 의해 처참하게 살해된 화전민들의 시신을 직접 확인했던 곽정산은 그런 유강의 마음을 충분히 이해했다.

"이거야 원. 설마하니 창칼이 아니라 식수와 식량을 걱정해야 하는 상황이 닥칠 줄이야."

"제 실수입니다. 배가 침몰할 때 최소한의 식량이라도 건졌어야 했습니다."

"그런 말씀 하지 마세요. 누가 이런 문제가 생길 줄 예상이나 했을까요?"

진호가 유강을 달랬다.

"그래도 진 표사가 있어 다행입니다. 개… 코라더니 정말 냄새를 잘 맡는군요."

진호가 한쪽에서 휴식을 취하고 있는 진유검을 슬쩍 살피며 말했다.

"그러게요. 저 친구가 아니었으면 정말 큰일 날 뻔했습니다. 연못에 풀어놓은 독의 냄새까지 감별해 낼 줄은 상상도 못했습니다. 만약 아무런 생각 없이 연못의 물을 마셨다면......"

생각만으로도 끔찍한 것인지 유강은 물론이고 진호와 곽정산까지 몸을 부르르 떨었다.

더불어 그런 참극을 미연에 방지한 진유검에게 다시금 감사하는 마음이 생겼다.

"공자님."

장초가 주유망과 함께 다가왔다.

"무슨 일인가?"

유강이 물었다.

"이제 곧 실영림(失影林)에 도착합니다."

실영림이라는 말에 세 사람의 안색이 싹 변했다.

표물을 잃고 항주로 돌아가는 것이 아니라 그대로 강행돌파를 결정하면서 가장 걸림돌이 될 곳이라 다들 예상한 장소가 마침내 등장한 것이다.

"도착까지 얼마나 남았나?"

장초를 대신해 주유망이 대답했다.

"한 시진 정도면 초입에 들어설 것 같습니다."

"한 시진이면 해가 떨어질 때쯤이겠군."

"그렇습니다.

"실영림에 들어선 이후라면 모를까 처음부터 무리를 할 필요는 없다고 보는데 어떤가?"

곽정산이 물었다.

"같은 생각입니다. 일단 휴식을 취하는 것이 좋다고 봅니다. 식량과 식수도 어떻게든 구해야 하고요."

곽정산의 말에 동의를 표한 유강이 장초에게 고개를 돌렸다.

"근처에 밤이슬을 피할 장소는 있는가?"

"조금 더 가면 과거 화전민들이 일군 부락이 있습니다."

유강이 인상을 쓰며 말했다.

"설마 놈들이 또……."

"지금은 아무도 살지 않는 곳으로 압니다."

"그건 다행이군요."

화전민들의 처참한 모습에 그 모든 것이 자신 때문이란 생각을 품고 있던 진호가 안도의 한숨을 내쉬었다.

"일단 그곳으로 가도록 하지. 충분한 휴식을 취하고 실영림을 지나는 것으로 하세나."

곽정산의 말에 유강이 동의했다.

"그렇게 하지요. 자네들은 식수와 식량을 구할 방법이 없는지 알아보게."

"알겠습니다."

장초와 주유망이 읍을 하고 물러났다.

반 시진 후, 일행은 과거에 화전민들이 머물렀던 마을에 도착했다.

세월이 꽤 지났는지 마을엔 멀쩡한 건물은 하나도 없었고 마을 전체엔 풀만이 무성하게 자라 있었다.

혹여 적이 숨어 있지는 않을까 주의를 기울였으나 별다른 문제는 없어 보였다.

유강은 표사들에게 마을의 잡초를 모조리 제거하여 시야를 확보하라는 명을 내렸다.

무성했던 잡초들을 제거한 표사들은 거의 흔적만 남은 집터에 자리를 잡고 모닥불을 지피며 자신만의 잠자리를 만들기 시작했다.

진호의 처소는 마을에서 유일하게 건물의 형태가 남아 있는 곳에 마련되었는데 건물의 형태라 해봐야 기둥 몇 개가 전부였지만 그 기둥에 나뭇가지를 엮어 만든 지붕까지 올리자 밤이슬 정도는 걱정을 하지 않아도 될 정도로 훌륭했다.

무엇보다 고무적인 것은 마을의 무너진 우물에서 식수를 얻은 것이다.

무너진 곳에서 물의 흔적은 보이지 않았고 그나마도 수풀에 가려져 있어 적들은 별다른 신경을 쓰지 않은 모양이었다.

하나, 절박한 상황에 몰리고 있던 수호표국은 조그만 가능성이라도 그냥 지나치지 않았다.

우물을 막고 있던 흙과 돌덩이를 치우자 습기를 잔뜩 머금은 흙을 확인할 수 있었다. 처음엔 단지 젖은 흙에 불과했지만 젖은 흙에 확신을 갖고 바닥을 더 파고 들어갔고 마침내 오염되지 않은 물을 얻게 된 것이다.

게다가 장초와 주유망이 천신만고 끝에 산에서 내려온 멧돼지 일가의 사냥에 성공을 하면서 식량까지 확보할 수 있었다.

그렇게 수호표국은 최악의 위기를 극적으로 벗어났다.

"맛있냐?"

진유검이 게걸스럽게 고기를 뜯고 있는 전풍에게 물었다.

오랜만에 맛보는 물과 식량, 나름 포근한 잠자리에 잔뜩 긴장했던 표사들의 기세가 조금씩 풀어지고 있을 때였다.

"맛있고말고요. 섬에서 먹는 고기와는 확실히 차이가 있는데요. 왜요? 좀 드려요?"

전풍이 먹다 남은 고깃덩이를 슬쩍 내밀었다.

"됐고. 먹으면서 들어."

진유검이 주변을 슬쩍 살피며 낮은 음성으로 말했다.

"파리가 꼬였다."

고기를 뜯던 전풍의 동작이 그대로 멈췄다.

"놀란 척하지 말고 그냥 처먹어."

잠시 멈칫했던 전풍이 어깨를 으쓱이며 다시금 태연히 고기를 뜯기 시작했다.

"드디어 시작이군요."

전풍의 얼굴에 뭔가 모를 기대감이 잔뜩 어렸다.

선장과 선원들, 그리고 원하는 쟁자수들을 항주로 돌려보내고 운반할 표물도 없는 표행을 다시 시작한 직후, 금방이라도 공격을 해올 것 같았던 적은 이상할 정도로 침묵을 지켰다.

식수를 오염시키고 동물들을 중독시키는 치졸한 수작 외에 딱히 다른 움직임을 보이지 않았던 것이다.

하지만 그건 폭풍전야의 침묵일 뿐이었다.

"그런데 의외네요. 이런 곳에서."

전풍은 공격의 시작이 곧 진입할 실영림이 아니라 버려진 마을이라는 것에 조금은 놀라며 신경을 곧추세워 주변을 찬찬히 훑었다.

아무런 기척도, 살기도 느껴지지 않았다.

"몇… 놈이나 있는 건데요?"

전풍이 조금은 기운 빠진 음성으로 물었다.

자신의 이목에도 걸리지 않는 살수의 출현에 자존심이 상한 낯빛이다.

"넷. 은신하는 실력이 제법이야. 특히 저 밑에 있는 놈은 그중에서도 조금 더 뛰어나고."

진유검이 눈짓으로 가리키는 장소를 본 전풍의 눈이 휘둥
그레졌다.

"어딜 가?"

진유검이 벌떡 일어나는 전풍의 팔을 잡았다.

"위험에 대해 경고를 해야 하지 않습니까?"

"헛소리하지 말고 먹던 고기나 마저 먹어. 내가 알아서 처
리할 테니까."

진유검이 천천히 자리에서 일어났다.

"참고로 나머지 세 놈 중에 한 놈은 저기에 있으니까 때가
되면 알아서 처리해."

전풍은 굳은 표정으로 진유검이 턱짓으로 가리킨 장소를
향해 정신을 집중했다.

완벽하게 은신을 하고 있는 것인지 쉽사리 꼬리가 잡히지
않았지만 온몸의 감각을 극대화하며 주의를 기울이자 어느
순간, 실로 미세하게 흘러나오는 기운이 감지되었다.

'거기 있구나, 쥐새끼.'

마침내 살수의 기척을 잡아낸 전풍의 입꼬리가 하늘로 치
켜 올라갔다.

전풍이 살수를 쫓는 사이, 진유검은 바닥에 떨어진 나뭇가
지 하나를 슬쩍 집어 들더니 진호가 쉬고 있는 곳으로 향했
다.

"잠시 실례해도 되겠습니까?"

진유검이 공손히 물었다.

"어서 오십시오."

진호가 반가이 그를 맞았다.

"무슨 문제라도 있는 것인가?"

진호와는 달리 곁에 앉아 있던 유강이 조금은 긴장한 얼굴로 물었다.

진유검이 이렇듯 직접 움직여 찾아올 때는 분명 문제가 발생했기 때문이었다.

"혹 사냥해 온 멧돼지에 문제가 있는가?"

"아닙니다."

"하면 우물의 물이 문제더냐?"

곽정산이 놀라 물었다.

"그것도 아닙니다. 물은 깨끗합니다."

가장 걱정했던 두 가지 사안에 문제가 없자 세 사람의 얼굴에 절로 안도의 빛이 흘렀다.

"하면 뭐가 문제인 것이냐?"

곽정산이 다시 물었다.

"살수가 숨어 있습니다."

너무도 태연스런 말에 곽정산은 물론이고 옆에서 듣고 있던 진호와 유강도 진유검의 말을 순간적으로 이해하지 못했다.

"지, 지금 뭐라고 했느냐? 살… 수?"

진유검의 말을 이해한 곽정산의 두 눈이 부릅떠졌다.

"소란을 떨어서 좋을 것은 없을 것 같습니다만."

진유검의 나직한 말에 곽정산이 얼른 목소리를 낮췄다.

"이곳에 놈들이 숨어들었단 말이냐? 그런 낌새는 느끼지 못했는데."

"저도 지금에서야 눈치챘습니다. 오랜만에 음식을 먹게 되어서 그런지……."

진유검이 겸연쩍은 표정을 지으며 코를 만졌다.

그리곤 지팡이 삼아 들고 있던 나뭇가지를 바닥에 대고 천천히 밀어 넣기 시작했다.

너무도 자연스러운 동작에 아무도 그것을 이상하게 생각하지 않았다.

"몇 놈이나 있는 것 같은가?"

유강이 주의를 둘러보며 물었다.

"생각보다 많지는 않습니다. 소수입니다."

"그만큼 위험한 놈들인 것 같구나. 나름 조심을 했음에도 우리의 이목을 속였다는 것은 예사로운 실력을 지닌 놈들이 아니라는 뜻이다."

곽정산은 기운을 끌어모아 주변을 살펴보았다.

전력을 다해 살수의 기척을 쫓기 시작하자 이전에는 느끼지 못했던 기운이 확인되었다.

"잘도 숨어들었군."

살수의 존재를 확인한 곽정산이 이를 부득 갈았다.

참으로 의외인 것은 아무도 진유검의 능력에 대해 의구심을 가지지 않는다는 것이었다.

살수가 자신의 기척은 물론이고 체취까지 없애는 건 기본 중의 기본. 곽정산 정도의 고수가 심혈을 기울여 찾아냈을 정도로 은신에 뛰어난 살수를 냄새로 찾아낸다는 것은 애당초 말이 되지 않는 일이었다.

그럼에도 진유검을 의심하지 않았다는 것은 지금껏 그가 보여 온 탁월한 능력 때문이기도 했지만 그만큼 여유가 없다는 것을 반증하는 것이기도 했다.

"이곳은 안전한 것입니까?"

유강이 불안해하는 진호의 낯빛을 살피며 물었다.

"그런 것 같네. 아무런 기척도 느껴지지 않아."

곽정산의 말에 진유검도 동의를 했다.

"이곳에선 수상한 냄새가 나지 않습니다."

진호는 코를 벌름거리며 말하는 진호의 모양새가 조금 우스웠지만 내색하지는 않았다.

"그나마 다행이군요."

유강과 진호가 안도의 한숨을 내쉬며 고개를 끄덕였다.

안도의 한숨을 내쉬는 사람은 그들 말고도 또 한 명이 있었다.

그들의 바로 밑, 땅속에 은신해 있는 삼혼이었다.

암혼각에선 수호표국의 사람들이 실영림에 들어서기 전에 화전민 마을에서 반드시 하룻밤을 머무르라 예측했다.

진호를 척살하라는 명을 받은 삼혼은 일급 살수 중에서 가장 뛰어난 세 명의 살수를 뽑아 표사들이 도착하기 반나절 전에 화전민 마을에 도착했다.

수하들을 사방으로 분산시킨 삼혼은 마을에서 가장 양호한, 그래서 당연히 진호의 처소로 쓰일 것이라 예상된 건물 밑을 파고 들어가 귀식대법을 펼치며 완벽하게 자신의 기적을 숨겼다.

예상대로 삼혼의 은신을 파악한 사람은 아무도 없었다.

나머지 세 살수들의 은신도 들키지 않았다.

가장 두렵게 여기고 있던 곽정산의 이목까지 완벽하게 속아 넘기자 삼혼은 성공을 확신했다.

이제 최적의 순간만을 기다리면 된다.

그런데 난데없이 문제가 생겼다.

듣도 보도 못한 놈이 코를 벌름거리고 냄새 운운하며 자신들의 존재를 거론한 것이다.

삼혼은 진유검이 살수 운운할 때 기절할 듯 놀랐다.

하마터면 귀식대법이 풀려 자신의 존재를 노출시킬 위기까지 겪었다.

그는 진유검의 얘기를 들으며 몇 번이나 갈등을 했다.

목표인 진호와의 거리는 고작 일 장 정도.

은신을 풀고 눈 깜짝할 사이에 숨통을 끊어놓기 충분한 거리다.

그러나 지상으로 뛰쳐나가 암살을 성공시키기 위해선 넘어야 할 산이 많았다. 곽정산이라는 커다란 장애물이 있었고 유강도 만만치 않았다.

은신에 성공한 수하들에게 전음을 보내 적들의 이목을 끌라고 명을 내린다 해도 지금 상황에선 실패할 확률이 팔 할 이상이었다.

그렇다고 무작정 기다릴 수도 없었다.

코를 벌름거리며 헛소리를 해대는 이상한 놈에게 자신의 존재가 들킬지도 모른다는 두려움이 자꾸만 엄습했기 때문이었다.

만약 은신한 것을 들키게 되면 곽정산의 무위를 생각해 볼 때 암살은 시도도 해보지 못하고 숨이 끊어질 것이 자명했다.

그런 갈등의 순간, 한줄기 빛이 삼혼을 살렸다.

곽정산은 물론이고 진유검이 자신의 존재를 전혀 눈치채지 못하고 있다는 발언을 한 것이다.

삼혼은 내심 자신의 귀식대법의 완벽함에 찬탄을 보내며 흔들렸던 평정심을 회복했다. 그리곤 수하들에게 은밀히 전음을 보냈다.

어차피 살수의 존재를 알고 있다면 굳이 감출 것 없이 노출을 시켜 자신의 존재를 더욱 완벽하게 숨기는 것과 동시에 적들을 안심시키려는 의도였다.

그럴 리는 없겠지만 수하들을 처리하기 위해 곽정산과 유강이 움직이면 더욱 좋았다. 그 순간이 진호가 목숨을 잃는 순간이 될 테니까.

수하들에게 공격명령을 내린 삼혼은 느긋한 마음으로 곽정산과 유강의 반응을 기다렸다.

한데 바로 그 순간, 그의 미간에 뭔가가 접촉을 했다.

감겼던 눈이 번쩍 떠졌다.

'나… 뭇가지?'

어둠이 방해를 했지만 자신의 미간을 슬쩍 누르고 있는 것이 무엇인지 눈치채지 못할 정도는 아니었다.

'이, 이게 무슨……'

삼혼이 갑작스런 상황에 당황을 금치 못할 때 그의 귓가로 낯선 전음이 날아들었다.

[두더지처럼 숨어 있느라 애썼어. 기왕 땅을 파고 내려갔으니 그냥 거기서 푹 쉬지.]

조금은 조롱이 섞인 듯한 음성.

뭔가 잘못됐다고 판단한 삼혼이 본능적으로 몸을 튕겼다.

곽정산과 유강에게 존재를 노출시키면 살아남기 힘들다는 것도 알고 있었지만 그건 문제가 아니었다.

형언하기 힘든 공포가 그의 몸을 잠식했고 이성적으로 생각할 여유도 없었다.

그런데 몸이 움직이지 않았다.

마음은 이미 땅을 뚫고 솟구쳤건만 몸은 그대로였다.

미간을 뚫고 들어오는 나뭇가지로 인해 끔찍한 고통이 느껴졌다.

쩍 벌어진 입.

비명은 흘러나오지 않았다.

뭐라 말로 할 수 없는 고통이 전류처럼 전신을 타고 흘렀지만 손가락 하나 까딱할 수 없었다.

인간이 느낄 수 있는 최대한의 고통을 안기며 조금씩 전진한 나뭇가지가 뒤통수를 뚫고 나올 때까지 그가 할 수 있는 것은 아무것도 없었다.

암혼각이 자랑하는 특급살수 삼혼이 그렇게 어처구니없는 죽음을 맞이하는 순간, 그의 공격 명령을 받고 모습을 드러냈던 살수들 또한 미리 준비하고 있던 전풍과 대노하여 뛰쳐나간 곽정산 등에 의해 모조리 목숨을 잃었다.

우물이 있음에도 일부러 독을 풀지 않고 멧돼지 일가를 친절히 산 아래로 내몰면서 수호표국의 방심을 유도했던 암혼각의 매복작전은 한 명의 특급살수와 그에 버금가는 일급살수 셋을 허무하게 잃으며 처참하게 실패하고 하고 말았다.

"큭!"

엄청난 고통이 따랐을 것임에도 비명은 짧았다.

유강의 검에 힘없이 무너지는 살수의 모습에 표사들의 얼굴엔 질렸다는 표정이 역력했다.

밀림을 능가할 정도로 수풀이 우거지고 하늘마저 뚫을 듯 솟구친 나무들로 인해 햇빛이 거의 들지 않는 실영림.

암습을 하기에 최적의 장소라 할 수 있는 실영림에 들어서고 만 하루, 벌써 삼십여 차례의 암습이 이어졌다.

언제, 어디서 공격을 해올지 몰라 단 한순간도 쉬지 못했고 긴장을 늦출 수가 없었다.

적들의 체취를 귀신같이 알아채는 진유검이 실력을 제대로 발휘하여 적의 암습을 미리 알리고, 화전민 부락에서 암살자들을 미리 파악하지 못한 실수를 만회하기라도 하듯 엄청난 무위를 발휘하는 곽정산과 유강의 활약 덕에 공격을 당한 횟수에 비해 피해는 크지 않았다.

하지만 실영림이 머문 시간이 고작 하루에 불과했음에도

육체적 정신적으로 시달린 수호표국의 표사들은 극도로 지쳐 갔다.

특히 싸움 내내 아무것도 하지 못하고 그저 목숨 걱정에 벌벌 떨어야 했던 쟁자수들이 느끼는 피로감은 직접 무기를 맞대고 싸운 표사들 이상으로 심각했다.

"얼마나 더 가야 하는가?"

유강이 적의 피로 온몸을 적신 주유망에게 물었다.

"반 시진 정도면 벗어날 수 있습니다."

반 시진이라는 말에 모두의 얼굴이 환해졌다.

그의 말을 증명이라도 하듯 그토록 우거졌던 수풀도 조금은 성겨졌고 나무 사이로 햇빛도 제법 파고들었다.

"하지만 아직은 안심하기 이릅니다. 놈들은 우리를 이대로 보내려 하지 않을 것입니다."

유강이 고개를 끄덕였다.

"그렇겠지. 우리를 공격하기에 이곳보다 더한 곳은 없을 테니까."

"특히 실영림이 끝나는 지점에 위치한 억새 군락(群落)은 특히 조심해야 하는 곳입니다. 어쩌면 이곳보다 더 위험한 곳일 수도 있습니다. 절대 마음을 놓아선 안 됩니다."

"물론이네. 적들도 그것을 노리고 있겠지. 게다가 곧 본가의 식솔들과 만나게 될 터이니 아마도 그곳이 마지막 전투지가 될 것 같군. 이곳을 벗어나 하루 거리라 하였나?"

"예, 대표두께서 말씀하신 용두암(龍頭巖)이 제가 알고 있는 그 용두암이 맞다면 정확히 하루 거리입니다."

"틀려서야 쓰나. 아군에게 맞아 죽기는 싫다네."

유강이 약간은 과장된 표정으로 농을 던지자 힘들고 지친 기색이 역력했던 주변의 분위기가 조금은 살아나는 듯했다.

"자, 아무튼 다 왔다. 조금만 더 힘을 내자."

유강의 말에 표사들이 저마다 무기를 흔들며 함성을 내질렀다.

바로 그때였다.

표사들의 함성과 교묘히 섞인 뭔가가 허공을 가르며 날아들었다.

어찌나 은밀히 움직인 것인지 그것을 알아차린 사람은 단 한 명뿐이었다.

진유검이 표사들과 더불어 함성을 지르고 있는 진호를 향해 몸을 날렸다.

진호와 진유검이 한데 뒤엉켜 바닥을 구르자 곽정산과 유강이 황급히 달려와 두 사람을 보호했다.

만약 표행의 초반에 이런 일이 벌어졌다면 다짜고짜 진유검을 의심하고 심문을 했을 것이다.

하나, 그동안 진유검으로 인해 무수한 위기를 넘겼던 두 사람은 그의 행동에 추호의 의심을 보이지 않고 지금과 같은 행동을 한 데에는 분명 그만한 이유가 있을 것이라 판단했다.

"암습이 있었나?"

유강이 힘겹게 몸을 일으키고 있는 진유검에게 물었다.

"그렇습니다."

"적의 낌새는 없었는데 대체 어디서 날아온 공격인가?"

"적이 아니라 아군에게서 날아왔습니다."

진유검의 말에 다들 경악을 금치 못하며 서로의 얼굴을 바라보았다.

표사들이 저마다 거리를 두며 무기를 잡았다.

묘한 분위기.

자칫 말 한마디에 피바람이 불 지경이었다.

"어떤 놈이냐? 공격을 알아차렸다면 어떤 놈이 그런 짓을 했는지도 알고 있을 터. 말해라. 누구냐?"

곽정산이 진득한 살기를 뿌려대며 물었다.

"만약 독 냄새를 맡지 못했다면 꼼짝 없이 당했을 겁니다. 설마하니 저들과 섞여 있을 것이라곤 상상도 하지 못했습니다."

진유검이 고개를 돌렸다.

그를 따라 모든 사람의 시선이 한 곳으로 향했다.

표사들의 살기등등한 시선을 접하게 된 쟁자수들이 어쩔

줄을 몰라 하며 부들부들 떨었다.

그들 중 하나를 잡아내는 것은 그리 어렵지 않았다.

한 쟁자수가 이미 달아나는 것을 포기한 것인지 당당하게 고개를 쳐들고 진유검을 노려보고 있었기 때문이었다.

최후이자 최고의 기회를 얻고자 얼마나 노력을 했던가!

마침내 그 기회를 잡아 공격을 했건만 너무도 허무하게 막히고 말았다.

"이놈!"

단 한 번의 도약으로 간자에게 다가간 곽정산의 왼발이 그의 머리를 강타했다.

어떤 변명도 필요 없고 심문 따위도 하지 않겠다는 그의 의도대로 쟁자수로 잠입해 있던 간자의 머리통이 그대로 터져 나갔다.

"으아아아아!"

쟁자수로 숨어들었던 또 한 명의 간자가 곽정산을 향해 몸을 날렸다.

살수의 움직임이라고 하기엔 어딘지 어설픈 동작에 코웃음을 친 곽정산이 간자의 몸을 그대로 후려쳤다.

그건 실수였다.

곽정산의 손이 간자의 몸에 닿기도 전, 엄청난 폭발음과 함께 그의 몸이 터져 나갔다.

의협진가에서 손꼽히는 고수라 해도 그렇게 가까운 거리에서 이뤄진 자폭 공격을 온전히 감당하기란 불가능했다.

튕겨지듯 물러난 곽정산이 전신에서 피를 흘리며 비틀거릴 때 사방으로 날린 사내의 육편(肉片)만큼 요란하진 않아도 조용히 주변을 잠식하는 것이 있었다.

"독이다!"

유강이 사방으로 퍼져 나가는 독무를 확인하고 소리쳤다.

그의 외침보다 한 박자 빨리 불어닥친 일진광풍이 독무를 한쪽으로 밀어버렸지만 안타깝게도 몇몇은 이미 그 독을 흡인한 뒤였다.

장력을 이용해 은밀히 독무를 날려 보낸 진유검이 중독되어 쓰러지는 쟁자수들을 보며 이마를 찌푸렸다.

미약한 내공이라도 지닌 표사들은 어떻게든 살릴 방법이 있었지만 독에 대해 대항할 여력이 전무한 쟁자수들은 딱히 구할 방법이 없었다.

"적입니다."

쟁자수들을 살피던 진유검이 차갑게 외쳤다.

"어느 쪽인가?"

장초가 다급히 물었다.

대답을 하기도 전에 사방에서 화살이 날아들었다.

"적이다! 원진을 만들어라."

유강이 미친 듯이 검을 휘두르며 소리쳤다.

그를 중심으로 모인 표사들이 황급히 원진을 만들며 무수히 쏟아지는 화살을 쳐냈다.

한데 날아온 것은 화살만이 아니었다.

화살에 묶여 날아온 주머니가 터지며 사방에 유황과 기름을 뿌렸다. 그리고 이어지는 불화살.

햇빛이 들지 않고 습기로 가득한 실영림이기에 화공은 적절한 선택은 아니다.

유황과 기름에 불이 붙어 일시적으론 숲이 활활 타오르는 느낌을 받을 수는 있었지만 자체적으로 불이 커지기 힘든 구조였다.

그러나 심리적인 효과는 대단했다.

사방에서 치솟는 불길에 수호표국 표사들은 극도의 공포심을 느꼈고 죽음이라는 이름 앞에 저절로 위축될 수밖에 없었다.

게다가 그들의 수호신이라고 할 수 있었던 곽정산까지 큰 부상을 당한 상태인지라 상황은 더욱 좋지 않았다.

독에 중독되어, 그리고 날아든 화살에 맞아 절명하는 쟁자수들.

그들의 죽음을 바라보던 진유검이 전풍을 향해 전음을 날렸다.

[전풍.]

화살을 쳐내던 전풍이 고개를 홱 돌렸다.

그의 눈에 살수 한 명과 뒤엉켜 쓰러지는 진유검의 모습이 들어왔다.

위장임을 알기에 걱정 따위는 눈곱만큼도 하지 않았다.

[진호를 지켜라.]

질문은 필요 없었다.

[실력을 발휘해도 좋다.]

전풍이 환한 얼굴로 고개를 끄덕였다.

6장

실영림(失影林)

　맹렬히 쏟아지던 화살이 멈추고 거대한 함성과 함께 곳곳
에서 암혼각의 살수들이 쏟아져 나왔다.

　암혼각은 살수들을 특급, 일급, 이급, 삼급의 네 단계로 나
뉜다.

　열 번의 살행을 무사히 마쳐야 삼급의 살수패를 소지할 수
있었고, 스무 번 이상의 살행에 성공하면 이급패를, 오십 번
이상의 살행에 성공을 하면 일급 살수패를 주었다.

　최소한 백 회 이상의 살행을 무사히 성공해야만 특급살수
라 불릴 자격을 주었는데 암혼각은 현재 다섯 명의 특급살수

를 보유 중이었다.

삼급에서 특급까지 살수들의 총 인원은 대략 칠십 남짓.

하지만 살수가 되기 위해 훈련을 받는 예비 살수의 수는 이백이 넘었다.

그중 상당수가 일전에 항주로 향하던 수호표국을 공격하다 목숨을 잃었지만 여전히 많은 이가 남아 있었다.

지금 수호표국을 공격하는 이들이 바로 그 예비 살수들이었는데 실영림에서 이어졌던 대부분의 암습은 그들이 행한 것이었다.

암혼각의 수뇌들이 그들만으로 수호표국을 무너뜨릴 수 있다고 생각한 것은 아니었다.

일단은 소모품에 불과할 자들을 희생양으로 삼아 수호표국의 진을 빼놓고 결정적인 순간에 모든 전력을 쏟아부어 목표물을 제거하려는 계획인 것이다.

수호표국과 암혼각의 싸움이 본격적으로 시작되자 죽은 듯 누워 있던 진유검이 슬며시 몸을 일으켰다.

사방에서 벌어진 치열한 교전 덕에 표사들 중 그의 움직임을 의식하는 사람은 아무도 없었다.

진유검이 암혼각의 수뇌들이 진을 치고 있는 지점을 향해 이동을 시작했다.

숲에서 쏟아져 나오는 살수들이 진유검을 확인하곤 무섭

게 공격을 해댔지만 진유검은 신경도 쓰지 않았다.

군이 손을 쓸 필요도 없었다.

진유검의 몸에서 일어나는 반탄강기만으로도 그를 공격했던 살수들은 치명적인 부상을 당하거나 그대로 절명했기 때문이었다.

암혼각의 본진은 생각보다 멀지 않았다.

"저, 저놈은!"

후미에서 수하들을 독려하던 부각주가 자신을 향해 다가오는 진유검의 존재를 제대로 인식한 것은 이제 곧 일급살수로 승격이 확실한 세우(細雨)를 비롯하여 전원이 이급 살수로 이뤄진 호위들이 제대로 된 반항을 해보지도 못하고 숨이 끊어진 이후였다.

"놈을 막아랏!"

부각주를 호위하고 있던 이혼이 몸을 숨기며 소리쳤다.

도주하기 위함이 아니었다.

살수의 진정한 실력은 정면 대결이 아니라 말 그대로 단 한 번의 기회를 노리는 일격필살에서 나오는 것.

이혼은 수하들이 시간을 끄는 사이 은신을 하여 기회를 엿보고자 했다.

한 호흡이 끝나기도 전에 부각주 곁에 있던 이혼의 신형이 모습을 감췄다.

단순히 모습만 감춘 것이 아니라 호흡이며 기척 또한 완벽하게 지워졌다.

부각주는 눈앞에서 감쪽같이 사라진 이혼의 실력에 감탄을 금치 못했다.

암혼각의 대를 이어야 사명을 가지고 나름 혹독한 수련을 쌓아왔기에 특급살수와 비교해도 크게 뒤지지 않으리라 자부했던 것이 얼마나 가소로운 일이었는지 비로소 느낄 수 있었다.

문제는 그런 특급살수가 옆에 있음에도 눈앞의 상대에게 진심으로 공포감이 느껴진다는 것이다.

세우의 목숨을 빼앗으며 모습을 드러낸 적은 눈 깜짝할 사이에 또다시 다섯 명의 호위를 쓰러뜨렸다.

'겨우 일수에……'

부각주는 아무렇게나 휘두르는 듯한 손짓에 짚단처럼 허물어지는 수하들의 모습에 경악했다.

비명도 지르지 못하고 숨이 끊어진 수하들은 그냥 허수아비가 아니었다.

최소한 스무 번 이상의 살행을 완벽하게 성공을 한 이급 살수들이다.

한데 그들을 허수아비보다 못한 존재로 만들어버린 적의 정체는 뭐란 말인가!

"그리 놀랄 건 없고. 당신이 우두머리?"

진유검이 뒷걸음질 치는 부각주를 향해 다가가며 물었다.

"……."

"어차피 상관은 없겠지."

지워 버리기로 결심한 이상 우두머리가 누구든 별다른 의미는 없었다.

진유검이 부각주를 향해 손을 뻗었다.

부각주는 거대한 힘이 자신을 옭아매는 듯한 느낌에 다급히 몸을 빼려 했으나 어찌 된 일인지 몸에 힘이 들어가지 않았다.

바로 그때, 진유검의 머리 위로 희미한 그림자가 나타났다.

은신했던 이혼이었다.

이혼의 검이 진유검의 정수리를 향해 빛살처럼 내리꽂혔다.

목표는 무방비 상태.

느낌도 상당히 좋았다.

'완벽하다.'

이혼은 진유검의 죽음을 확신했다.

찰나의 순간이 지나면 자신의 검이 적의 머리와 몸을 관통할 것이다.

예상대로 검은 진유검의 정수리에 정확히 내리꽂혔다.

그런데 뭔가가 이상했다.

가장 좋아하고 기대하는, 손끝으로 전해져야 할 짜릿한 감촉이 전혀 느껴지지 않았다.

무엇보다 놀라운 것은 상대가 그런 자신을 무표정한 얼굴로 보고 있다는 것.

그제야 자신이 진유검의 잔상을 공격했다는 것을 확인한 이혼이 땅바닥에 꽂힌 검의 반탄력을 이용해 진유검의 시야로부터 벗어나려 했다.

진유검의 왼발이 그의 아랫배를 강타했다.

"컥!"

외마디 비명과 함께 이혼의 몸이 반으로 접히다시피 하며 나뒹굴었다.

그것으로 끝이었다.

정신을 차리려고, 온몸을 비틀리게 만드는 고통을 애써 참으며 재빨리 은신을 해야 한다고 본능이 시켰다.

평생토록 갈고닦은 몸뚱이가 저절로 반응을 하려고 했지만 단순해 보이는 진유검의 한 방은 그런 이혼의 의지를 비웃을 정도로 무지막지한 위력이 있었다.

'아, 안 돼.'

자꾸만 흐려지는 의식을 부여잡으려고 아무리 애를 써 봐도 할 수 있는 것이 아무것도 없었다.

당연했다. 인간의 몸으로 내부의 장기가 분쇄되다시피 한 상태로 버틴다는 것 자체가 기적이었다.

부각주는 눈앞에서 벌어진 상황을 도저히 이해하지 못했다.

아무리 뛰어난 특급살수라고 해도 암습에 실패할 수 있고 당연히 패할 수도 있다.

하나, 어려서부터 혹독한 훈련 덕에 인간으로선 상상도 할 수 없는 인내력과 의지를 지니고 수많은 살행을 성공시킨 이들이 바로 특급살수가 아니던가.

그런데 그런 특급살수 중 일혼을 제외하고 가장 뛰어난 능력을 지녔다고 평가되는 이혼이 겨우 발길질 한 방에 무기력하게 무너진 것이다.

상황의 심각성을 깨달은 부각주가 그대로 몸을 돌렸다.

자신이 살 수 있는 길은 오직 하나.

수호표국을 끝장내기 위해 움직인 암혼각 최고의 고수 일혼을 만나는 것뿐이었다.

그의 바람을 하늘이 알아준 것일까?

몇 걸음을 놀리지도 않았는데 맞은편에서 일혼의 모습이 보였다. 그리고 그를 따르는 일급살수들까지도.

안도의 한숨을 내쉰 부각주가 더욱 힘을 내어 걸음을 내딛었다.

일혼과 만나게 된 부각주의 얼굴이 환해졌다.

반가운 마음이 솟구쳐 뭐라 말을 하였건만 이상하게 아무런 말도 흘러나오지 않았다.

자신을 보는 일혼의 표정도 이상했다.

잔뜩 일그러진 일혼의 얼굴에 안타까움과 분노가 동시에 나타났다.

'왜?' 라는 의문에 대한 답은 들을 수가 없었다.

툭투르르르.

깨끗하게 잘린 부각주의 머리가 일혼의 발아래로 굴렀다.

부각주는 여전히 자신의 죽음을 의식하지 못한 채 눈을 덩그러니 뜬 채였다.

부각주의 표정을 보는 일혼의 안색이 더욱 굳어졌다.

'죽음은커녕 고통도 전혀 의식하지 못했다. 세상에 이토록 가공할 만한 쾌검이…….'

일혼의 눈이 경악으로 부릅떠졌다.

검이 아니었다.

진유검의 손에는 검이 들려 있지 않았다.

'하면 대체 어떻게?'

상식적으로 이해가 되지 않았다.

검도 지니지 않은 상태로 어찌 도주하는 부각주의 목을 저리 깨끗하게 절단할 수 있단 말인가!

"쯧쯧, 굳이 찾아올 필요까지는 없었는데. 그냥 아까처럼 납작 엎드려 기회를 엿보지 그랬어. 수하들과는 좀 떨어져서 한가로이 잘 숨어 있던데."

진유검의 비아냥에 일혼은 기절할 듯 놀랐다.

암혼각이 무수히 많은 살수단체 중 손꼽히는 곳은 아니라고 해도 일혼만큼은 아니었다.

천하 오대살수를 논함에 있어 언제나 한자리를 차지할 정도로 일혼은 살수계에서 가히 독보적인 실력을 지닌 살수였다.

그가 자신의 기척을 지우고자 마음먹었을 때 그의 존재를 눈치챌 수 있는 사람은 아마도 무림에서도 손에 꼽을 정도일 것이다.

그런데 눈치를 챘다는 것이다.

그것도 이제 겨우 이십을 넘겼을 것 같은 애송이가.

"암습을 당했다면 곽 장로도 위험했겠군. 뭐, 정면 승부라면야 반대가 되겠지만."

일혼의 수준을 단숨에 가늠해 낸 진유검이 손을 뻗어 나뭇잎 몇 장을 떼어냈다.

"몸에서 뿜어져 나오는 살기가 다들 보통이 아니네. 사람 목숨 많이 빼앗았겠어. 그럼 어디 그 실력 좀 볼까? 잘 피해보라고."

진유검의 손끝이 살짝 움직였다.

요란한 파공성은 없었다.

그저 그를 중심으로 사방으로 날아가는 빛살만 존재했다.

그 빛살에 걸린 살수들이 동시다발적으로 쓰러지기 시작했다.

단 한 명의 입에서도 비명은 흘러나오지 못했다.

그저 일혼의 공격명령을 기다리며 진유검을 노려보던 그 자세 그대로 고꾸라질 뿐이었다.

빛살이 사라질 즈음 지면을 밟고 서 있는 사람은 잔뜩 일그러진 얼굴의 일혼과 진유검의 배후에서 기회를 노리고 있던 오혼뿐이었다.

비교적 양호해 보이는 일혼과는 달리 오혼의 상태는 좋지 않았다.

오혼은 자신의 목울대를 반이나 파고든 나뭇잎을 보며 할 말을 잃었다.

아무런 반응도 하지 못하고 당한 수하들과는 달리 본능적으로 위기를 감지하고 대처했음에도 치명적인 부상을 당하고 말았다.

나뭇잎이 깊게 파고든 목에서는 물론이고 나뭇잎을 잡아챈 손에서도 피가 줄줄 흘러내렸다.

목에 박힌 나뭇잎을 빼내는 오혼의 눈빛이 공포심으로 가득 물들었다.

지금은 원래의 나뭇잎으로 돌아와 있었지만 조금 전까지만 해도 나뭇잎은 마치 철판처럼 단단하게 굳어 있었다.

대체 어느 정도의 무위를 지니고 있어야 한낱 나뭇잎을 그토록 가공할 암기로 사용할 수 있단 말인가!

일혼은 물론이고 자신 또한 나뭇잎을 이용하여 사람의 목숨을 취할 수 있는 능력을 지녔으나 나뭇잎의 특성상 그 거리와 숫자에 한계가 있었다. 한데 진유검은 그것을 완벽하게 극복한 것이었다.

"훗, 제법이군."

진유검은 오혼이 살아 있다는 것에 조롱인지 감탄인지 모를 탄성을 내뱉으며 그를 향해 장난치듯 주먹을 살짝 내밀었다.

나뭇잎을 제거하고 비틀거리던 오혼은 미처 보지 못했지만 일혼은 그 광경을 똑똑히 보았다.

말릴 사이도 없이 날아간 권풍이 오혼을 강타했다.

픽!

나뭇잎이 수하들을 공격할 때와는 달리 둔탁한 소리가 귓가를 자극했다.

일혼은 흔적도 없이 사라지는 오혼의 머리를 보며 몸을 움직였다.

진유검의 시선이 오혼에게 쏠린 사이 은신을 하려는 것이 었다.

찰나지간에 불과했지만 과연 천하에서 다섯 손가락 안에 드는 살수답게 일혼의 움직임은 불가사의 할 정도로 빠르고 신비로웠다.

"확실히 비슷한 종자들이야."

일혼이 조금 전, 이혼이 했던 것과 똑같은 식의 방법으로 자신을 상대하려 하자 진유검은 눈 깜짝할 사이에 사라진 일혼의 능력에 찬탄 대신 조소를 보냈다.

진유검이 고개를 뒤쪽으로 살짝 돌려 발밑을 내려다보았다.

"그렇지만 꽁무니를 빼거나 땅속에 꽁꽁 숨는 것도 아니고 내 그림자 안으로 숨어들다니 너무 대담한 것 아닐까? 아니면 나를 무시하는 것이거나."

순간, 발밑의 그림자가 꿈틀대는가 싶더니 까맣게 변색된 단검이 위로 솟구쳤다.

검에 앞서 수십 개의 강침이 흙먼지와 함께 쏘아오며 진유검의 목숨을 노렸다.

진유검은 대수롭지 않다는 듯 손을 흔들었다.

그를 향하던 모든 암기와 흙먼지가 흔적도 없이 사라졌다.

독이 발라진 검 또한 이미 그의 손에 들어가 있었다.

진유검의 눈은 자신을 노렸던 검이 아니라 빠르게 사라지고 있는 일혼의 기척을 쫓고 있었다.

"이거야 원. 두더지가 울고 갈 실력일세."

진유검이 오른발을 들어 가볍게 바닥을 구르며 말했다.

"그냥 가면 섭하지."

지진이라도 난 듯 땅거죽이 요동을 치며 충격파가 지나가는 곳의 나무들이 차례차례 쓰러지기 시작했다.

칠장 밖, 마지막 나무가 쓰러지는 것과 동시에 외마디 비명이 들려오고 일혼의 몸이 지면 위로 튕겨져 올라왔다.

어떻게든 중심을 바로 잡으려고 애쓰는 일혼의 입에서 검붉은 피가 줄줄 흘러내렸다.

"제법 뛰어난 지둔술이었지만 무영도에 있는 땡중의 실력에 비하면 어림도 없군. 땡중이라면 아마 두 배는 더 멀리 도망을 쳤을 것인데. 물론 결과는 바뀌지 않았겠지만."

일혼은 진유검이 무슨 말을 하는지 전혀 이해를 할 수가 없었다. 아니, 이해할 여력이 없었다.

은신술은 완벽하게 간파당했고 공격은 실패했으며 지둔술까지 차단당하고 말았다.

회복하기 힘든 내상을 당한 지금 그가 할 수 있는 것이라곤 아무것도 없었다.

"일단 받은 것이니 돌려줘야겠지."

진유검이 일혼에게서 빼앗은 단검을 슬쩍 던졌다.

빠르지도, 그렇다고 너무 느리지도 않은 속도로 허공을 유영하면 날아오는 단검을 보며 일혼은 그냥 눈을 감고 말았다.

최후의 기력을 동원하여 단검을 피하고 훗날을 도모하려고도 생각을 해봤지만 단검을 피할 수도 없으려니와 아무리 발버둥을 쳐도 진유검의 손에서 벗어날 수 없다는 것을 깨달은 것이다.

진유검의 무표정한 눈빛에서 일혼은 자신의 신세가 마치 어린아이의 손끝에서 짓눌리는 개미처럼 느껴졌다.

마음만 먹는다면 천하에 못 죽일 위인이 없다고 스스로 자부했던 자존심이 걸레조각으로 변해 버렸다.

'대체 어디서 저런 괴물이 나왔단 말인가!'

반각도 되지 않는 짧은 시간에 사실상 암혼각이 궤멸당하고 말았다.

그것도 싸움도 아닌 일방적인 학살로.

천하게 그런 능력을 지닌 자가 과연 있을까 하는 의문이 들었다.

생각은 이어지지 못했다.

진유검이 던진 단검이 천천히 일혼의 심장을 파고들더니 그의 몸뚱이를 매단 채 뒤쪽의 커다란 바위에 박혀 버린 것이다.

이미 고통은 느껴지지 않았다.

일혼은 자신의 몸뚱이에서 영혼이 빠져나가는 느낌에 힘겹게 고개를 쳐들었다.

일말의 미련도 두지 않고 몸을 돌린 진유검의 등을 보며 일혼의 고개가 힘없이 떨어졌다.

진유검이 부각주와 일혼이 이끌고 있던 암혼각의 주력을 순식간에 괴멸시키고 돌아왔을 때 표사들과 살수들의 싸움도 거의 끝나가고 있었다.

곽정산이 부상으로 인해 이전의 위용을 보여주지는 못한다고 하더라도 여전히 막강한 실력으로 살수들을 주살하고 있었고 표사들을 이끄는 유강은 호풍검이라는 별호답게 강맹하고 빠른 검법을 앞세워 맹위를 떨쳤다.

의협진가의 제자라는 자부심을 늘 가슴에 품고 있는 기존 표사들의 활약도 뛰어났지만 새롭게 뽑힌 표사들의 활약도 만만치는 않았다.

그 중심에 녹림판관 주유망과 전풍이 있었다.

주유망이야 유강이 인정할 정도였지만 생각지도 못한 전풍의 활약에 다들 경탄을 금치 못했는데 진유검으로부터 진호를 지키라는 명을 받는 것과 동시에 기존의 무공을 마음껏 사용해도 된다는 허락을 받은 전풍은 그야말로 물 만난 고기처럼 살수들을 쓸어버렸다.

　진호를 보호하기 위해 그의 곁을 떠나지 않았음에도 누구보다 많은 살수를 쓰러뜨렸다.

　살수들의 궁극적인 목표가 바로 진호였고 그를 죽이기 위해 집중적으로 달려들었기 때문이었다.

　[싸움은 끝났다.]

　한창 기세를 올리고 있는 전풍의 귓가로 진유검의 전음이 날아들었다.

　진유검을 찾아 고개를 돌리는 전풍.

　그의 눈에 가장 먼저 싸움이 벌어진 곳이자 지금은 전장의 가장 외곽이 되어버린, 누구도 신경 쓰지 않은 곳에 귀신처럼 나타나 숨이 끊어진 살수를 자신의 몸에 슬며시 올려놓는 진유검의 모습이 들어왔다.

　'하! 꼼수 하고는.'

　전풍이 어이가 없어 콧방귀를 뀌는 순간, 다시금 전음이 날아들었다.

　[표정에 드러나.]

　[누가 뭐랍니까? 그런데 싸움이 끝났다면…….]

　[앞에 있는 떨거지들만 상대하면 될 거다. 아, 기왕이면 조금 왼쪽으로 이동 방향을 틀어. 괜히 뒈진 놈들 시신 드러나게 만들지 말고.]

[알겠습니다.]

진유검의 의도를 파악한 전풍이 힘겹게 살수들을 상대하는 진호를 의도적으로 왼쪽 방향으로 이끌었다.

[그냥 가면 되냐? 나도 데리고 가야지.]

막 살수 한 명을 골로 보낸 전풍의 귓가에 진유검의 전음이 들려왔다.

오만상을 찌푸리며 고개를 돌린 전풍은 시신을 밀쳐내고 힘겹게 몸을 일으키는 진유검의 모습을 보며 기막히다는 표정을 지었다.

때마침 전풍의 시선을 따라 고개를 돌리던 진호가 진유검의 모습을 확인하곤 소리를 질렀다.

"지, 진 표사입니다."

죽은 줄만 알았던 진유검이 살아 있자 진호의 얼굴에 기쁨이 가득했다.

"세상에! 살아계셨습니다."

"죽는 게 이상하지요."

전풍의 떨떠름한 중얼거림을 듣지 못한 진호가 황급히 말했다.

"어서, 어서 진 표사를 구하세요."

전풍은 별다른 대답 없이 진유검을 향해 몸을 날렸다.

진호는 축 늘어진 몸을 전풍에게 기댄 채 다가오는 진유검의 아랫배가 피로 물들어 있다는 것을 확인하곤 소리치듯 물었다.

"괜찮습니까? 부상이 심해 보입니다."

"다행히 상처가 깊지는 않습니다. 다만 속이 영 메스껍고 어지러운 것이 조금 힘들긴 합니다."

"독무를 흡입해서 그럴 것입니다. 그래도 그만하기를 다행입니다. 쟁자수 중 몇 명은 손쓸 틈도 없이 목숨을 잃고 말았습니다."

진호의 얼굴엔 안타까움이 가득했다.

"예, 저도 보았습니다."

"아무튼 이만하길 다행입니다."

진호는 진유검의 생환을 진심으로 반겼다.

진유검을 생환을 반긴 사람은 싸움이 거의 마무리가 된 것을 확인하고 검을 물린 곽정산과 유강 역시 마찬가지였다.

"놈들에게 당한 줄 알았네."

유강이 피로 물든 진유검의 아랫배를 힐끗 바라보며 말했다.

"생각보다 상처는 깊지 않습니다. 다만 독 때문에 정신을 잃은 것 같은데 흡인한 양이 소량이라 운 좋게 살아남은 것 같습니다."

"실로 천운일세. 중독된 이들을 살펴보니 상당히 무서운 독이었네. 쟁자수는 물론이고 표사들도 둘이나 중독되어 목숨을 잃었어. 자네처럼 소량을 흡수한 이들만이 겨우 목숨을 부지했지."

유강은 목숨은 건졌지만 싸움도 제대로 하지 못하고 힘겨워하는 몇몇 표사를 가리키며 말했다.

"노부가 너무 성급하게 놈들을 처리해서 벌어진 일인 것 같아 마음이 무겁네. 조금 더 조심했어야 했는데."

곽정산은 자신의 부주의함으로 인해 표사들과 쟁자수들이 중독된 것 같다는 생각을 했는지 얼굴이 어두웠다.

"그런 말씀 마십시오. 장로님 덕분에 피해가 준 것일 수도 있습니다. 한데 몸은 괜찮으십니까?"

유강의 말에 곽정산이 쓸쓸한 웃음을 지으며 고개를 끄덕였다.

"솔직히 부상이 만만치 않아. 버겁긴 하네. 그래도 버틸 만은 하니까 신경 쓰지 말게나. 공자님도 그렇게 걱정스런 표정으로 바라보실 필요는 없습니다."

"알겠습니다. 장로님께서 괜찮다고 하시니 그렇게 알고 있겠습니다."

진호는 걱정스럽고 불안한 마음과는 달리 애써 밝은 표정을 지어 보였다.

"어쨌든 또 한 번의 고비는 넘긴 것 같습니다."

유강이 싸움을 마무리하고 전장을 수습하고 있는 표사들을 바라보며 말했다.

"이번엔 제법 위험했네. 지금껏 숨어 있던 간자 놈들의 수작질 때문에 더욱 그러했지."

"그만큼 피해가 많았습니다. 쟁자수들도 그렇고 표사들도 많이 상했습니다."

"피해가 얼마나 되는 겁니까?"

진호가 얼른 물었다.

"대략 삼분지 일은 당한 것 같습니다."

"그렇게나 많이요?"

진호가 낭패한 얼굴로 탄식을 했다.

삼분지 일이라면 대략 이십 명 남짓.

공격 규모에 비해 결코 큰 피해라고 할 수는 없었지만 항주를 떠나 지금까지 목숨을 잃은 자의 수가 도합 열이 되지 않았다는 것을 감안하면 결코 적은 수는 아니었다.

"일단 이곳을 벗어나는 것이 좋겠습니다. 느낌이 좋지 않습니다."

유강의 말에 곽정산이 표정을 굳히며 말했다.

"자네도 노부와 같은 생각을 하고 있군."

"그렇습니다."

"무슨 말씀을 하시는 겁니까?"

진호가 불안해하며 물었다.

"떼거리로 몰려오기는 했어도 다 고만고만한 놈들뿐입니다. 화전민 부락에서 만났던 살수처럼 뛰어난 놈들은 거의 보이지 않더군요. 마치 알맹이가 빠진 듯한 느낌이란 말이지요."

"그렇다면……."

"예, 놈들은 우리가 지칠 때를 기다리고 있는 겁니다. 때가 되면 진짜 실력자들이 모습을 드러낼 겁니다."

실력자 운운할 때 드러난 곽정산의 표정을 살펴보면 부상에 대한 부담이 상당한 것 같았다.

"우선은 이 지긋지긋한 곳을 최대한 빨리 벗어나서 전열을 가다듬는 것이 좋겠습니다."

실영림에 접어든 이후, 단 한 번도 편히 휴식을 취하지 못한 유강이 질린 표정을 지으며 말했다.

"하하! 꼭 그렇게 서두를 필요는……."

호탕하게 웃으며 말을 하던 전풍이 갑자기 오만상을 찌푸렸다. 그리곤 자신의 뒤통수를 후려친 진유검을 향해 고개를 홱 돌렸다.

"미안하다. 잠깐 중심을 잃었어."

전풍이 천연덕스럽게 사과를 하는 진유검의 태도에 쌍심지를 켜려는 찰나 전음성이 날아들었다.

[바보냐? 어디서 함부로 입을 놀리려고 해. 그냥 입 닥치고 있어.]

전음에서 느껴지는 싸늘한 기운에 움찔한 전풍이 얼른 입을 다물었다.

"자네 마음은 알겠네. 실력만큼이나 자신감도 대단하군. 그래도 지금은 피하고 볼 때라네."

전풍이 하려는 말을 오해한 유강이 부드러운 미소와 함께 그의 어깨를 두드리자 이번 싸움에서 맹활약을 펼친 전풍에게 호감이 생긴 곽정산도 너털웃음을 터뜨렸다.

"허허! 저만한 나이에 그런 자신감이 없으면 안 되지. 암, 그렇고말고. 아무튼 복덩이가 들어왔어."

유강과 곽정산의 연이은 칭찬에 전풍은 겸연쩍은 얼굴로 가만히 고개를 숙였다.

그의 귓가로 다시금 전음이 날아들었다.

[복덩이? 하! 복덩이는 무슨 얼어 죽을 복덩이!]

*   *   *

"지금 그게 무슨 말이냐? 실… 패를 해?"

마곤이 술잔을 입에 대던 자세 그대로 물었다.

"송구합니다. 방금 전, 은밀히 표행을 뒤따르던 세작들로

부터 연락이 왔습니다."

이하교가 마곤의 눈치를 살피며 대답했다.

"그러니까 실패를 했다?"

천천히 술잔을 내려놓는 마곤의 눈이 살기로 번들거리기
시작했다.

"그, 그렇습니다."

"그놈들이 자랑하는 특급살수가 동원되었다면서? 암혼각
의 전력이 투입되었다면서?"

이하교는 비아냥거리는 음성에서 느껴지는 마곤의 분노에
몸을 흠칫 떨며 납작 엎드렸다.

"그런데도 실패를 했다? 그걸 지금 믿으라는 얘기냐? 수호
표국이 멀쩡했다면 또 모르겠다. 하지만 표행에 참여한 대다
수의 표사가 이번에 채용된 놈들이야. 한데 그런 놈들을 상대
로 실패했다는 게 말이 된다고 보느냐? 분명 뭔가가 있다. 우
리가 모르는 수작질이 있을 것이야. 놈들이 혹 우리 모르게
수호표국과 거래라도 한 거 아냐?"

마곤은 암혼각이 수호표국과 모종의 거래를 하고 자신들
을 속였다고 의심을 했다.

하지만 그것이 아님을 알고 있는 이하교는 가만히 한숨을
내쉬다 입을 열었다.

"수호표국을 공격했던 암혼각의 살수들이 전멸했다고 합

니다. 부각주를 비롯하여 특급살수까지 모조리 동원한 싸움이었으니 사실상 암혼각은 끝장났다고 보는 것이 맞겠지요."

의심으로 가득 찼던 마곤의 얼굴이 경악으로 뒤덮였다.

암혼각의 전력이라면 표행 따위가 문제가 아니라 중소규모의 문파 하나쯤은 간단히 박살 낼 수 있을 정도였기 때문이었다. 그랬기에 실패를 했다고 했을 때 의심을 했던 것이고.

한데 그런 암혼각이 전력을 기울이고도 오히려 전멸을 당했다는 것이니 도저히 이해가 가지 않았다.

"수호표국이, 아니, 곽정산이 그렇게 강했던가? 아니면 호풍검 유강이?"

이하교는 대답하지 못했다.

"도대체 어떤 일이 벌어진 것이냐? 놈들이 난데없이 표행로를 바꿨다고 해도 신경 쓰지 않았다. 녹림 놈들이 끼어들지 못하기는 했어도 어차피 그놈들보다는 암혼각이 훨씬 믿음직했으니까. 그런데 실패를 하다니!"

마곤이 얼굴을 감싸고 신음을 흘렸다.

한참이나 괴로워하던 마곤이 고개를 번쩍 들었다.

"지금 당장 출발한다고 가정했을 때 며칠이면 놈들을 따라잡을 수 있을 것 같으냐?"

"아무리 빨라도 열흘 이상은 걸릴 것입니다."

이미 그런 질문을 예상한 것인지 이하교는 조금의 머뭇거림도 없이 대답했다.

"열흘이나? 그 정도면 무창에 거의 도착할 시간이다."

"표물이 있다면 무창에 도착하기 전에 따라잡을 가능성이 훨씬 높지만 지금 저들은 모든 표물을 잃었습니다. 게다가 자신들이 위험에 처했다는 것을 알고 있으니 더욱 빨리 이동을 하겠지요."

"사실상 불가능하다는 말이구나."

"그렇습니다."

"망할!"

마곤의 거친 손에 탁자에 있던 술병이며 안주들이 모조리 쓸려 나갔다.

"그토록 자신만만하게 다짐을 했건만. 형님을 뵐 면목이 없게 되었다."

"꼭 그런 것은 아니라고 봅니다."

"무슨 뜻이냐?"

"수호표국에게 이번 표행은 그야말로 사활을 걸 만큼 중요했습니다. 그랬기에 무리해서 표사들을 고용하고 파격적인 대우를 약속했던 것이지요. 한데 운반해야 할 표물이 모조리 부춘강에 잠겨 버렸습니다. 수포효국은 결과적으로 표행에 실패했습니다."

"계속해 봐라."

금방이라도 폭발할 것 같은 마곤의 표정이 한결 부드러워졌다.

 "수호표국이 운반하던 물건의 값어치를 생각하면, 그리고 표행에 실패했을 경우 세 배로 배상한다는 계약조건을 감안해 본다면 이번 표행의 실패로 수호표국이 완전히 망하는 것은 물론이고 의협진가까지 휘청거리게 되었습니다."

 "그렇겠지. 수호표국이 그 막대한 배상금을 감당하지 못한다면 결국 의협진가가 책임을 지게 될 테니까."

 "그때 친정을 돕기 위해 표행을 주선하셨던 마님께서 다시금 나서서서 모든 상황을 해결하신다면 의협진가에서 대공자님의 입지는 그 누구도 부인할 수 없을 정도로 탄탄해질 것입니다."

 "일리가 있는 말이구나."

 마곤의 표정이 비로소 환해졌다.

 "형수님께서 절체절명의 위기에 빠진 친정을 구하기 위해 나서시고 형님께서 손해를 흔쾌히 받아들이신다면 제 놈들이라도 염치가 있을 터. 큰조카가 의협진가의 후계자가 되는 것은 문제도 아닐 것이다. 암, 문제도 아니고말고."

 힘차게 고개를 끄덕이던 마곤이 다시 입을 열었다.

 "그래도 보다 확실하게 일을 마무리하기 위해선 후환을 끊는 것이 좋을 것 같다."

"하지만 이미 늦었다고 말씀드렸습니다."

"우리는 늦었지만 본가에서 움직이면 어떠냐?"

"무창에서 말입니까?"

"그래, 형님께 전서구를 띄워 이쪽의 실패를 알리고 무창에서 병력을 움직인다면 놈들을 잡을 수 있다."

"그럴 필요는 없다고 봅니다."

이하교가 반대를 했다.

"어째서?"

"굳이 우리가 손을 쓰지 않아도 어차피 놈들은 살아남기 힘듭니다. 잊으셨습니까? 신도세가가 움직였습니다. 의협진가에서 출발한 지원군을 막기 위해서라면 상당한 전력을 움직였을 겁니다. 그들이 수호표국이 무사하다는 사실을 알게 되면 결코 그냥 두지 않을 것입니다."

"그렇군. 신도세가가 있었지."

마곤이 무릎을 탁 치며 고개를 끄덕이다 미간을 살짝 찌푸리며 말했다.

"하지만 저들이 움직이지 않을 수도 있다."

"움직일 것입니다. 우리가 실패를 한 일에 대해 성공을 한다면 후에 있을 대결에서 우위를 점할 수 있다고 판단할 것이고 어차피 진가의 애송이가 살아 있어 봐야 자신들에게도 좋은 것은 없을 테니까요."

"흠, 일리가 있는 말이다. 하면 신도세가 쪽에 놈들이 살아 있는 것을 알려줘야 할까?"

"이미 알고 있을 것입니다. 놈들도 이쪽 일에 촉각을 세우고 있을 테니까요."

"그도 그렇겠군. 어쨌든 망신살은 제대로 뻗쳤다. 젠장!"

7장

용두암(龍頭巖)

"용두암입니다."

장초가 제운산 남쪽 초입, 집채만 한 바위를 가리키며 말했다.

"용두암이라고 하기엔 쫌."

전풍이 호기심 어린 눈으로 바라보다 실망했다는 표정으로 샐쭉거렸다.

"아무래도 오랜 세월이 흐르다 보니 그런 것이겠지. 용두암이란 이름 자체가 수백 년 전부터 불린 이름이니까. 처음 그 이름이 붙었을 땐 정말 근사한 모습이었을지 모르잖아."

주유망이 전풍의 반응에 미소 지으며 말했다.

"쳇, 아무리 그래도 저건 아니잖소."

뭔가 그럴듯한 형상을 기대했던 전풍은 그냥 둥글납작한 암석의 모습에 실망감을 감추지 못했다.

전풍의 반응에 곳곳에서 웃음이 터져 나왔다.

전풍과 같은 생각을 한 이가 꽤나 많았는지 저마다 맞장구를 치며 소란을 떨었다.

생사의 고비를 넘기고 마침내 의협진가의 지원군과 만나기로 한 용두암에 도착을 했다는 생각에 다들 어느 정도 여유를 찾은 모습이었다. 물론 유강을 비롯하여 노련한 표사들은 여전히 신중한 얼굴로 주변을 살피며 경계의 끈을 놓치지 않고 있었다.

"본가에선 아직 도착한 것 같지는 않군. 마지막 전서구를 받았을 때가 이틀 전이었나?"

부상이 악화된 것인지 병색이 완연한 곽정산이 물었다.

"예, 실영림에 도착하기 전, 화전민 마을에서 받았으니까 정확히 이틀이 되었습니다."

"흠, 뭔가 이상하군. 우리보다 빠르면 빨랐지 늦을 사람들이 아닌데."

곽정산이 고개를 갸웃거렸다.

"아무래도 낯선 환경이다 보니 조금 시간이 걸리는 것 같습니다. 전 그보다 놈들의 반응이 영 꺼림칙합니다."

"놈들이라면 우리를 공격했던 살수 놈들 말인가?"

"예."

"버러지 같은 놈들. 그만한 규모라면 이름깨나 알려졌을 터. 본가로 돌아가는 즉시 놈들의 정체를 추적해서 반드시 그 대가를 치르게 해줄 것이네. 아예 흔적도 없이 지워 버릴 것 이야."

곽정산의 눈에서 한광이 뿜어져 나왔다.

피해도 피해였지만 의협진가가 한낱 살수 집단의 공격을 받았다는 도저히 용납할 수가 없었다.

살수들의 특성상 의뢰를 받은 것이겠지만 의뢰를 받아들 였다는 것 자체만으로도 이미 용서의 여지는 사라졌다.

"그런데 조금 이상한 것이 있습니다."

"뭐가 말인가?"

"장로님께서 확인하셨다시피 실영림에서 우리를 공격했던 놈들은 딱히 살수라 부르기에 애매한 자들이었습니다. 간간히 눈에 띄는 자들이 있기는 했으나 신경 쓸 정도는 아니었지요."

"그랬지."

"솔직히 저는 언제 제대로 된 공격이 시작될지 몰라 이곳에 오는 내내 걱정을 하였습니다."

실영림을 벗어나 용두암에 이르기까지 만 하루 동안 혹시 모를 암습에 대비해 유강은 그야말로 피가 마를 정도로 긴장을 했다.

그런데 어찌 된 일인지 걱정했던 일은 벌어지지 않았다.

마치 그동안의 고생이 꿈이라 느껴질듯 적의 공격이 거짓말처럼 사라진 것이다.

"우리가 실영림을 벗어나자 공격을 하는 것에 대해 부담을 느낀 것 아니겠나? 아무래도 본가의 지원군도 신경이 쓰였을 것이고."

온갖 생각에 사로잡혀 불안한 얼굴을 하고 있는 유강과는 달리 곽정산은 그다지 복잡하게 생각하지 않았다.

"그래도 영 마음에 걸립니다."

"노부 또한 이상하다는 생각이 들기는 했으나 어쩌겠나? 우린 그저 최선을 다해 방비를 할 뿐이고 공격을 하는 것은 놈들의 의지인 것을. 일단 용두암에 도착을 했으니 본가의 지원군을 기다려 보세. 그들과 합류를 하면 이런 걱정도 쓸데없는 것이 되겠지."

"알겠습니다."

곽정산의 말대로 걱정한다고 변하는 것은 없었다.

그저 지금껏 해온 대로 긴장을 늦추지 말고 경계에 만전을 기하는 것이 최선이었다.

용두암에 도착한 표사들이 삼삼오오 짝을 지어 휴식을 취하기 시작했다.

처음 출발을 했을 때에 비해 상당히 많은 인원은 줄었어도 이제 곧 의협진가의 지원군과 합류를 하게 되었다는 생각인지 분위기는 생각보다 나쁘지 않았다.

하지만 약속했던 날이 지나고 그다음 날이 되도 기다리던 지원군은 도착하지 않았다.

표사들의 얼굴에서 웃음이 사라졌다.

대신 그 자리를 불안과 초조가 차지했다.

몇몇 표사의 입에서 자신들이 공격을 당한 것처럼 의협진가의 지원군도 공격을 당한 것은 아니냐는 불안한 목소리가 흘러나왔다.

유강이 날려 보낸 마지막 전서구가 아무런 답장도 받지 못하고 되돌아오고 그 전서구의 날개에 붉은 피가 묻어 있는 것이 확인되었을 때 불안감은 극대화되었다.

"주군, 아무래도 무슨 일이 벌어진 것 같은데요. 그렇지 않다면 전서구에 피가 묻어 있을 리가 없잖아요."

전풍이 나무 그늘에 앉아 쉬고 있는 진유검에게 다가와 말했다.

"그런 것 같다. 우리를 공격했던 놈들과 양동작전을 펼친 것일 수도 있고 꼭 그렇지 않다고 하더라도 차후에 의협진가를 집어삼키기 위해서라도 본가에 충성을 하는 이들을 제거할 필요가 있었겠지."

무덤덤이 말을 하고는 있었지만 전풍은 그의 음성 속에서 미세하게 떨리는 느낌을 놓치지 않았다.

관심 없는 척 태연한 모습이나 진유검은 분명 분노하고 있었다.

'쯧쯧, 미친놈들. 무슨 할 일이 없어서 자꾸만 잠자는 호랑이의 코털을 건드리냐?'

전풍은 그 불똥이 괜히 자신에게 튈까 눈치를 보며 내심으론 기왕 벌어질 일이라면 아주 화끈하게 벌어졌으면 했다.

그때였다.

지그시 눈을 감고 있던 진유검이 좌측을 향해 천천히 고개를 돌렸다.

"전풍."

"예, 주군. 아니, 형님."

전풍이 주변의 시선을 의식하며 얼른 호칭을 바꿨다.

"온다. 준비해라."

그 말의 의미를 깨달은 전풍이 벌떡 일어났다.

때마침 전풍을 보고 있던 장초가 굳은 얼굴로 물었다.

"무슨 일인가?"

"누군가 접근하는 것 같다고 합니다."

전풍의 말에 모두의 얼굴이 확 변했다.

전풍의 말은 곧 진유검의 말과 같은 것.

그들 모두는 지금껏 단 한 번의 예측도 틀리지 않을 정도로 가공(?)할 능력을 보여준 진유검의 말에 절대적인 신임을 보냈다.

"드디어 지원군이 오는 모양입니다."

용두암으로 접근하는 자들을 의협진가의 지원군이라 판단한 장초가 환한 얼굴로 소리쳤다.

"후~ 이제야."

유강이 안도의 한숨을 내쉬었다.

유강은 물론이고 애타게 지원군을 기다리고 있던 이들 모두 지금 접근하는 이들이 지원군이라 믿어 의심치 않았다.

그러나 이어지는 전풍의 말은 그들의 기대를 산산이 부숴버리기 충분했다.

"세 명이 쫓기고 있다는데요. 쫓는 무리의 수는 대략 이십 정도. 이제 곧 모습을 드러낸다고 합니다."

"쫓… 기고 있다? 대체 누가?"

"서, 설마!"

곽정산과 유강이 서로의 얼굴을 바라보며 놀란 눈을 치켜떴다.

절대적인 믿음 때문인지 아니면 당황스러움이 커서인지

단지 냄새만으로 용두암으로 접근하는 인원의 숫자는 물론이고 쫓고 쫓기는 상황까지 정확히 파악해 낸 진유검의 능력에 의혹을 품는 사람은 아무도 없었다.

"어떤 상황인지 알 수가 없다. 다들 긴장해라."

유강이 표사들을 향해 소리쳤다.

지원군이 오고 있는 것이라며 좋아하던 표사들의 얼굴 또한 딱딱하게 굳은 상태였다.

"저기 옵니다."

전풍이 가리킨 방향을 초조하게 치켜보던 장초가 힘겹게 달려오는 이들을 보며 소리쳤다.

서로를 부축하며 필사적으로 달려오는 세 명의 사내.

중앙에 있는 중년인은 큰 부상을 당한 것인지 축 늘어져 제대로 발걸음을 놀리지도 못했고 양쪽에서 부축하고 있는 이들도 힘겨워하는 모습이 역력한 것이 가볍지 않은 부상을 당한 듯했다.

"곡인(谷忍) 사형입니다!"

유강이 피투성이가 된 중년인의 얼굴을 확인하곤 놀라 부르짖었다.

"어, 어서 저들을 구해라."

곽정산이 다급히 소리쳤다.

낯선 곳에서 만난 제자의 처참한 모습에 곽정산은 안타까움과 분노를 감추지 못했다.

유강보다 먼저 곡인을 확인한 장초가 몇몇 표사를 데리고 이미 그들을 향해 달려가고 있었다.

장초는 곡인의 어깨너머로 접근하는 일단의 무리를 보며 입술을 깨물었다.

그가 알기로 의협진가를 떠난 지원군의 규모는 대략 이십 명 정도였다. 그런데 그중에서 고작 세 명만이 살아남았다는 것은 그들을 쫓고 있는 적들의 실력이 얼마나 대단한지 반증 하는 것이다.

표사들의 수가 적들의 배가 넘는다고 해도 싸움 자체가 될 수 없었다.

그것을 느낀 것인지 함께 움직인 표사들의 표정도 잔뜩 굳 어 있었다.

그러나 어디에도 두려움은 없었다.

수호표국의 표사 이전에 의협진가의 제자인 그들에게 적 에 대한 두려움 따위는 애당초 존재하지 않았다.

"사백은 어떠십니까?"

장초가 곡인을 부축하고 있는 사내들에게 물었다.

"심각하시다."

"저희가 모시겠습니다."

장초가 표사들에게 눈짓을 보내자 표사들이 얼른 곡인을

인계 받았다.

"두 분 사형의 부상도 만만치 않아 보입니다."

"그래도 견딜 만은 해."

"어서 가시지요. 장로님께서 기다리고 계십니다."

"알았다."

두 사내가 고개를 끄덕이며 표사들을 따라 움직였다.

"놈들입니다."

장초 옆에 있던 표사가 잔뜩 분개한 얼굴로 말했다.

"마치 독 안에 든 쥐를 보는 듯 여유롭군. 우리는 아예 안중에도 없다는 태도다. 망할 놈들! 어디 해봐라. 결코 쉽지는 않을 거다."

장초는 달려오던 속도를 갑자기 줄이며 이제는 마치 산보라도 하듯 느긋하게 걸어오는 적들을 한참이나 노려보다 천천히 몸을 돌렸다.

"수호표국입니다."

선두에서 길잡이를 하고 있는, 무창의 밤거리를 지배하는 흑월방에서도 가장 잔인하고 악독하기로 소문난 행동대장 적사(赤蛇)가 붉은 눈을 번뜩이며 말했다.

"멍청한 놈들이로군. 사지에서 벗어날 생각은 하지 않고 죽여 달라 기다리다니."

"크크크! 결국엔 우리가 모조리 해결하게 되었습니다, 단주."

적사의 뒤를 따르는 무리 곳곳에서 음산한 괴소가 흘러나왔다.

"방심하지 마라. 표행을 이끄는 곽정산이나 폭풍검 유강은 충분히 위협이 될 만한 상대다."

한 사내가 그들을 돌아보며 주의를 주었다.

"그 늙은이는 부상을 당했다고 하지 않았습니까?"

"설사 부상을 당하지 않았다고 하더라도 단주님의 상대는 되지 못합니다."

"아무렴. 염홍(廉鴻)인가 뭔가 하는 늙은이도 손쉽게 베어 버린 분이 바로 우리 단주님이시지."

신도세가가 은밀히 키운 어둠의 해결사 혈수단(血手團).

수하들의 웃음소리를 들으며 무표정했던 단주의 얼굴에 살짝 경련이 일자 막 주의를 주었던 부단주 단응소(端膺昭)가 차갑게 일갈했다.

"그렇게 방심하다 뒈진 놈이 무려 삼십이다. 고작 스무 놈 잡으려다 그 꼴이 되었단 말이다. 방심을 하지 말라고 그렇게 일렀건만……."

단원들은 단응소의 말에도 아랑곳하지 않았다.

"말은 제대로 해야지요. 그중에 절반은 이번에 받은 신입입니다. 제대로 훈련도 받지 못한 놈들이라고요."

"어차피 뒈질 만한 놈들이 뒈진 겁니다."

"맞습니다, 부단주. 게다가 의협진가 놈들의 실력은 누구라도 인정을 할 만하지만 저놈들은 그저 표사 나부랭이에 불과합니다."

"아직도⋯⋯."

비상하는 흑룡(黑龍)이 수놓아진 멋들어진 전포(戰袍)를 입고, 반백의 머리를 완전히 뒤로 넘겨 묶은 중년인이 무표정한 얼굴로 입을 열자 왁자하던 분위기가 일시에 가라앉았다.

"정신을 차리지 못했군, 웅소."

"예, 단주님."

"돌아가는 대로 만혼산(萬魂山)으로 들어간다. 확실하게 준비하도록."

순간, 단웅소의 눈이 미친 듯이 떨렸다.

혈수단원들의 낯빛 또한 흑색으로 변해 버렸다.

"다, 단주님. 만혼산에서 훈련을 끝마친 지 석 달이 채 되지 않았습니다. 재고를 하심이⋯⋯."

만혼산의 훈련이 얼마나 지독한 것인지는 겪어본 사람만이 안다.

혈수단의 부단주라는 지위에 있었지만 어지간하면 피하고 싶은 곳이 바로 만혼산이었다.

"훈련이 부족했던 모양이다. 만혼산을 하산할 때 나는 우리 앞을 막을 수 있는 상대가 있을 것이라 생각하지 않았다. 한데 결과는 어떠했지? 제아무리 의협진가라 하더라도 그 정도의 피해를 당했다는 것은 실로 망신이다. 만약 이 사실을 만혼산에서 훈련을 하고 있는 참수단(斬手團) 녀석들이 알게 되면 얼마나 우리를 비웃겠느냐?"

참수단이라는 말에 단웅소는 물론이고 혈수단원들의 얼굴이 확 일그러졌다.

"그런데도 네놈들은 주제파악도 하지 못하고 여전히 교만하고 자만하고 있다. 이번 기회에 그런 썩은 정신을 확실하게 뽑아버릴 것이다."

단주의 서슬 퍼런 눈빛과 말투에 혈수단원 중 그 누구도 함부로 입을 열지 못했다.

"하지만 마지막 기회를 주겠다."

단주는 폭발할 듯 두 눈을 부릅뜨고 있는 수하들의 반응을 느긋하게 즐기며 말했다.

"이번 상대는 수호표국이다. 네 녀석들 말대로 제대로 된 표사는 몇 되지 않는다. 한데 암혼각의 공격을 뚫어내고 이곳까지 도착했다. 그것만으로도 우리가 경계해야 할 이유는 충분하다."

단주의 말이 끝나기가 무섭게 곳곳에서 거친 음성이 터져 나왔다.

"우리는 암혼각의 머저리들과는 다릅니다, 단주."

"맡겨주십시오. 깔끔하게 처리해 버리겠습니다."

"혈수단의 공포를 제대로 보여줄 것입니다."

어떻게든 만혼산에 다시 오르고 싶지 않았던 단원들은 필사적으로 단주를 설득코자 했다.

"그거야 두고 보면 알겠지. 웅수."

"예, 단주님."

"시작해라."

단주의 명을 받은 웅수가 뒤를 돌아보았다.

여러 말은 필요 없었다.

그저 그 한마디면 충분했다.

"만혼산이다."

몸이 움찔하는 것과 동시에 그들 모두에게서 미친 듯한 살기가 뿜어져 나왔다.

"가자!"

짧은 외침과 함께 신도세가가 암중으로 키워낸 어둠의 칼, 혈수단이 수호표국을 향해 달리기 시작했다.

"하후진(夏候進)이 사조님을 뵙습니다."

"노근(盧根)이 사조님을 뵙습니다."

"누군가 했더니 바로 네 녀석들이었구나. 그래, 너희라도 무사해서 정말 다행이다."

곽정산은 자신에게 예를 차리는 사손들을 보며 찢어질 듯 아픈 마음을 애써 다잡았다.

"대체 어찌 된 일이냐? 본가의 지원군은 어찌 된 것이고 곡인은 또 어째서 이런 꼴이 된 것이야?"

곽정산이 여전히 정신을 차리지 못하고 있는 곡인을 안쓰럽게 바라보며 물었다.

하후진이 벌게진 눈, 떨리는 음성으로 대답했다.

"이틀 전, 정체를 알 수 없는 무리로부터 공격을 당했습니다. 그 과정에서 염홍 장로님을 비롯하여 본가의 제자들 대부분이 목숨이 잃었고 사부께서도 중상을 당했습니다."

곽정산의 얼굴이 딱딱하게 굳었다.

"사제까지 당했단 말인가!"

하후진은 차마 대답을 하지 못했다.

"감히 어떤 놈들이 의협진가를 공격했단 말이냐?"

곽정산의 노기가 하늘을 찔렀다.

"그건 저희도……."

하후진이 말끝을 흐릴 때, 곡인의 부상을 살피던 유강이 천천히 몸을 일으키며 말했다.

"이제 곧 알게 되겠지요. 아마도 우리를 노렸던 자들과 같은 부류 아니겠습니까?"

유강의 말이 끝나기가 무섭게 장초가 착 가라앉은 음성으
로 말했다.

"옳니다."

"적의 공격에 대비해라."

유강이 황급히 외쳤다.

"제가 선두에 서겠습니다."

장초의 말에 유강이 고개를 끄덕였다.

"가자."

장초가 뒤에 있는 표사들에게 소리쳤다.

장초를 필두로 의협진가 출신의 표사들이 적의 공격에 대
비하기 위해 움직였다.

"흠, 무서운 기세군."

맨 앞에서 수하들을 이끌고 달려오는 단웅소의 모습을 확
인한 곽정산의 입에서 나직한 침음이 흘러나왔다.

숫자는 얼마 되지 않지만 뿜어져 나오는 기세가 속된 말로
장난이 아니었다.

거리가 제법 있음에도 온몸의 감각이 날카롭게 반응했고
전신의 솜털이 곤두섰다.

곽정산은 투지를 불태우고 있는 고참 표사들과는 달리 이
번에 새롭게 합류한 표사들의 두려움에 사로잡힌 얼굴을 보

며 한숨을 내쉬었다.

"대표두, 아니, 강아."

곽정산이 유강을 불렀다.

의협진가의 제자라는 것을 떠나 수호표국의 대표두라는 지위를 존중하기 위해 나름 예의를 차렸던 평소와는 달리 완전한 하대였다.

"예, 사숙."

곽정산이 자신을 수호표국의 대표두가 아니라 의협진가의 제자로서 대하자 유강도 그에 맞게 대답했다.

"힘든 싸움이 될 것 같구나."

지금처럼 자신감이 없는 곽정산의 모습을 본 적이 없던 유강이 입술을 지그시 깨물며 대답했다.

"예, 그럴 것 같습니다."

"죽음은 두렵지 않다. 하지만 우리에겐 반드시 지켜야 하는 사람이 있지 않느냐?"

유강이 진호를 향해 슬쩍 고개를 돌렸다.

"무슨 일이 있어도 살려야 한다. 의협진가의 마지막 남은 후손이야."

"싸움이 벌어지는 즉시 등온(登溫)으로 하여금 피신시키도록 하겠습니다."

유강도 생각한 것이 있는지 장초와 더불어 표사들 중 가장 실력이 뛰어난 등온을 거론했다.

"아니, 등온으론 부족하다. 놈들의 기세를 감안하면 네가 움직여야 할 듯싶구나."

"사숙!"

유강의 눈이 화등잔만 해졌다.

곽정산이 깜짝 놀라는 유강의 어깨를 지그시 짚었다.

"그렇게 해라."

"사숙 혼자서는 놈들을 막아내지 못합니다. 더구나 부상당하신 몸이 아닙니까?"

"이까짓 부상은 상관없다. 목숨을 걸면 잠깐은 못 버티겠느냐?"

이미 죽음을 각오한 곽정산의 얼굴은 오히려 평온했다.

"우리가 놈들을 막는 사이 너는 진호 공자를 데리고 이곳을 빠져나가라."

곽정산의 말에 유강이 미처 대답을 하기도 전, 조금 떨어진 곳에서 모른 척 고개를 돌린 채 두 사람의 대화를 엿듣고 있던 진호가 정색을 하며 걸어왔다.

"그럴 수는 없습니다."

"들으셨습니까?"

곽정산이 미간을 찌푸리며 물었다.

"예, 들었습니다."

"하면 그 방법이 최선이라는 것도 아시겠군요."

"아니요. 모르겠습니다."

"공자!"

"제가 비록 의협진가에 몸을 담은 지는 얼마 되지 않지만 철이 들기도 전부터 의협진가가 어떤 곳인지 귀가 닳도록 들었습니다."

진호의 눈에서 불꽃이 활활 타올랐다.

"정의를 지키는 데 있어 목숨을 아까워하지 않으며 불의와는 결코 타협하지 않는다."

곽정산과 유강은 진호가 의협진가의 제자라면 늘 가슴에 품고 다니는 잠언(箴言)을 언급하자 몸을 살짝 떨었다.

"적을 두고 결코 몸을 돌리지 않는다!"

서자라고 해도 혈통은 분명 의협진가의 혈통.

명문의 피는 확실히 달랐다.

열일곱이라는 나이에 어울리지 않는 당당한 자세의 진호를 보며 곽정산과 유강이 감탄과 안타까움이 혼재된 표정을 지을 때, 진호의 머리 위에 손 하나가 올라왔다.

"나이는 어려도 기개는 살아 있네. 네 말이 맞다. 진가의 후손은 적을 두고 몸을 돌리지 않는다."

진호의 머리 위에 손을 올린 사람은 다름 아닌 진유검이었다.

어린 나이에 죽음을 두려워하지 않는 진호의 대답이 기특했는지 진유검은 자신도 모르게 진호의 머리카락 마구 흐트러뜨렸다.

"이게 무슨 짓인가?"

유강은 무례하기 그지없는 진유검의 행동에 불같이 화를 냈다.

진유검은 그런 유강의 태도에 별다른 반응을 보이지 않았다. 오히려 손을 들어 어느새 코앞까지 다가온 적들을 가리키며 말했다.

"놈들이 도착했습니다."

흠칫 놀란 곽정산과 유강의 고개가 동시에 돌아갔다.

장초 등이 적과 충돌하기 일보직전의 상황임을 확인한 곽정산과 유강의 시선이 허공에서 얽혔다.

심상치 않은 분위기를 읽은 것인지 진호가 뒷걸음질 치며 말했다.

"도망은 치지 않는다고 말씀드렸습니다."

"공자님!"

유강이 당황스러움을 감추지 못할 때 첫 희생자를 알리는 비명이 울려 퍼졌다.

"크악!"

가슴을 부여잡고 쓰러지는 표사의 모습에 곽정산의 눈에

서 불똥이 튀었다.

"급하게 되었다. 서둘러야 할 것이다."

유강이 뭐라 대답할 사이도 없이 곽정산의 신형은 이미 적들을 향해 내달리고 있었다.

"시간이 없습니다."

유강이 진호를 보며 다급히 외쳤다.

"도망은 치지 않는다고 분명히 말씀드렸습니다."

진호가 단호히 고개를 저었다.

"자칫하면 의협진가의 혈통이 끊어질 수 있습니다."

유강은 세상 물정 모르는 진호의 태도에 화가 났는지 버럭 소리를 질렀다.

"비겁하게 사느니 차라리 죽겠습니다."

지금껏 유약하게만 여기던 진호의 전혀 다른 모습에 유강의 눈빛이 크게 흔들렸다.

"이것 참. 어린 공자의 결심이 대단합니다."

진유검이 슬며시 끼어들었다.

"공자의 결심을 꺾기가 힘들 것 같군요. 도주를 한다고 해도 성공할 것 같지도 않고요."

진유검이 퇴로를 차단하기 위해 우회하는 적을 가리키며 말했다.

적들의 움직임을 확인한 유강은 당황하지 않을 수 없었다.

상대의 전력을 감안했을 때 처음부터 작정하고 도주를 하지 않는 한, 아니, 설사 도주를 한다고 해도 목숨을 구할 가능성이 희박했는데 퇴로까지 끊겼다면 탈출은 사실상 불가능한 것이나 다름없었다.

"여기서 끝나지도 않을 말싸움을 하느니 한 놈이라도 더 베겠습니다. 도망치는 것보다는 그게 더 가능성이 높지 않겠습니까?"

유강은 아무런 말도 하지 못했다.

진호의 목숨을 구하는 것이 얼마나 가치 있고 중요한 일인지 잘 알고 있었지만 문득 진호의 신념을 강제로 꺾고 도주하는 것이 과연 옳은 것인지 판단이 서지 않았다.

게다가 자신과 생사고락을 함께해 온 표사들을 두고 도망치고 싶지는 않다는 마음도 강했다.

유강이 결정을 내리지 못하고 머뭇거릴 때 진호가 한마디를 덧붙였다.

"다시 말씀드립니다. 저는 절대 도망치지 않습니다."

진호의 흔들림 없는 눈빛을 확인한 유강은 더 이상 시간을 끄는 것은 무의미하다는 것을 깨달았다.

"결심이 서셨다니 어쩔 수 없군요."

유강이 탄식을 하며 정중히 허리를 꺾었다.

"오늘의 판단에 부디 후회가 없으시길."

"절대로 없을 것입니다."

진호의 당당한 대답에 묵묵히 고개를 끄덕인 유강이 진유검에게 말했다.

"공자님을 부탁하네."

진유검의 실력을 눈치채서는 아니었다.

그저 혼자서 죽음에 대한 두려움과 공포를 감당해야 하는 진호를 염려한 당부였다.

진유검이 묘한 웃음으로 답을 대신했다.

진유검의 입가에 지어지는 웃음을 보는 유강의 눈빛이 크게 흔들렸다.

지금껏 생각하지 못했던 의문이 샘솟듯 터져 나왔다.

뭔지 모를 불안감이 가슴을 울렸지만 지금 상황에서 그것을 따지기엔 시간도 없었고 진유검을 믿지 않을 수도 없었다.

유강은 애써 불안한 마음을 지우고 진호에게 마지막 예를 표하곤 몸을 돌렸다.

멀어지는 유강의 뒷모습을 보며 잔뜩 긴장했던 진호의 입에서 짙은 한숨이 흘러나왔다.

"두려우냐?

"예, 두렵습니다."

지금껏 공대를 했던 진유검의 말투가 확 바뀌었음에도 진호는 전혀 이상함을 느끼지 못하고 너무도 자연스럽게 이를 받아들였다.

"그럼 곽 장로나 대표두 말대로 도망을 치지 그랬느냐? 솔직히 도망을 친다고 네게 뭐라고 할 수 있는 사람은 아무도 없다."

"그, 그럴 수는 없습니다."

"어째서? 내 듣기론 의협진가에서 제대로 된 대접도 받지 못한다면서. 이번 표행에 따라나선 것도 네 존재를 알리고 인정받고 싶기 때문일 테고. 아닌가?"

순간, 진호의 눈동자가 살짝 흔들리며 얼굴이 붉어졌다.

"사실을 말하자면 그렇습니다. 하지만 이번 일은 본가에서 대접을 잘 받고 그렇지 못하고는 상관없는 일입니다."

"어째서?"

진유검의 흥미롭다는 얼굴로 되물었다.

"남들이 뭐라 하든 저는 의협진가의 피를 이어 받았습니다. 만약 적에게 등을 보이고 도망을 친다면 제 스스로 핏줄을 외면하는 것입니다."

"그래도 죽는 것보다는 낫잖아."

잠시 멈칫하던 진호가 입술을 꽉 깨물며 말을 이었다.

"어머니의 평생소원이 제가 의협진가의 당당한 구성원으로 인정을 받는 것이었습니다."

"흠, 어머니의 바람이라."

팔짱을 낀 채 진호의 말을 듣던 진유검의 얼굴에 실망감이 살짝 깃들었다.

그것을 본 것인지 아니면 다른 이유가 있는 것인지 진호가 얼른 고개를 저었다.

"아니요. 어머니의 바람이 아니더라도 전 의협진가의 사람으로 남고 싶습니다."

진유검은 이유를 묻는 대신 가만히 진호의 얼굴을 쳐다보았다.

"아버지의 당당한 아들이고 싶습니다."

전혀 예상치 못한 말에 진유검의 얼굴이 살짝 굳었다.

마음이 격해진 것인지 진호의 눈가에 눈물이 살짝 고였다.

진호의 눈물을 지그시 바라보던 진유검이 물었다.

"아버지의 당당한 아들이고 싶다라. 재밌군. 아버지를 좋아하느냐?"

"예?"

"너의 존재가 의협진가에 확인된 것이 채 이 년이 되지 않았다고 들었다. 결국 아버지가 너를 감춘 것이 아니더냐?"

진호가 볼을 타고 흘러내리는 눈물을 쓱 닦으며 대답했다.

"늘 미안하다 말씀하셨습니다. 제 존재를 세상에 드러낼 수 없는 것은 제가 부끄럽거나 미워서가 아니라 어릴 때부터 혼자 지내온 형님에게 상처를 줄 수 없기 때문이라고 하셨습니다. 처음엔 받아들일 수가 없었지만 어느 순간부터는 아버지의 고충을 충분히 이해할 수 있었습니다. 전 그래도 어머니가 있었으니까요."

고작 열일곱 살의 입에서 나오는 말이라고는 할 수 없는 대답에 진유검은 기가 막히다는 표정을 지었다.

"일 년에 얼마나 아버지와 보냈지?"

기억을 떠올려 보는 진호의 얼굴에 아련함이 깃들었다.

"그래도 자주 뵈었습니다. 한 보름 정도는."

진유검은 할 말을 잃었다.

몇 년에 한 번, 고작 열흘 정도 부모님을 만날 수 있었던 자신에 비할 바는 아니나 진호의 신세 또한 자신과 다를 바가 없었다.

그나마 자신은 대대로 이어져 내려온 가문의 숙원을 풀기 위함이란 대의라도 있었지만 진호는 그저 서자라는 이유만으로 그런 형벌 아닌 형벌을 강요받은 것이다.

그럼에도 아버지를 원망하지 않았다.

의협진가를 원망하지도 않았다.

오히려 죽음으로써 가문의 명예를 지키고 의협진가의 혈통으로 인정받고 싶어 했다.

미친 듯이 짜증이 솟구쳤다.

가슴 저 밑에서 참기 힘들 불길이 치밀어 올랐다.

"쌍! 뭐, 이런 거지 같은 일이 있냐! 네 아버지란 인간, 미친
거 아냐?"

진유검의 입에서 별안간 욕설이 터져 나왔다.

갑작스런 진유검의 행동에 진호가 멍한 표정을 지을 때 진
유검의 손이 다시금 진호의 머리 위로 올라갔다.

"의협진가의 사람으로, 아버지의 아들로 살고 싶다고?"

이글거리는 진유검의 눈동자에 놀란 진호가 자기도 모르
게 고개를 끄덕였다.

"예? 예."

"그럼 그렇게 해. 의협진가의 구성원으로 인정을 받는 것
이 아니라 아예 의협진가를 네 것으로 만들어 버려. 꿀꺽 해
버리란 말이다. 내가 허락한다."

진호가 황당해하는 눈빛으로 바라보자 진유검이 그의 머
리카락을 마구 흐트러뜨리며 말했다.

"네가 의협진가의 마지막 후손이라며? 그럼 된 거 아냐?"

"하지만 상황이……."

진호가 씁쓸하고 고개를 흔들자 진유검이 차갑게 웃었다.

"왜? 의협진가에서 네 존재를 인정하는 작자들 때문에? 아
니면 우리가 이런 떨거지들한테 당할까 봐?"

진유검이 말과 함께 좌측을 향해 손을 뻗자 진호를 격살하
기 위해 은밀히 접근하던 혈수단 단원 하나가 그대로 끌려와

진유검의 손아귀에 잡혀 들어갔다.

　진호의 눈이 휘둥그레지는 것을 확인한 진유검이 피식 웃었다.

　"걱정하지 마라. 네가 의협진가를 꿀꺽할 때까지 내가 지켜줄 테니까. 알았냐?"

　진호가 얼떨결에 고개를 끄덕였다.

8장

드러난 무위(武威)

"어디 소속이냐?"

진유검이 자신의 손에 잡힌 적에게 물었다.

사내는 아무런 대꾸도 하지 못했다.

그는 지금 자신의 상황을 전혀 이해하지 못하고 있었다.

최종 목표물을 노리며 은밀히 접근했고 옆에 있던 덜떨어진 표사 놈과 함께 목을 베어버리려는 찰나 생각지도 못한 거대한 힘에 의해 옴짝달싹 못하는 신세가 되어버렸다.

간신히 정신을 차려보니 눈앞에 그 덜떨어진 표사가 웃고 있는 것이 아닌가!

"어디 소속이냐고 물었다."

그제야 진유검의 말을 인식한 사내가 비웃음을 흘리며 소리쳤다.

"너무 얕보지 마라. 네놈의 눈엔 내가 함부로 입을 놀릴 사람으로……."

사내는 말을 채 끝내지도 못하고 목이 부러져 절명하고 말았다.

진호는 놀란 마음에 아무 말도 하지 못하고 그저 눈만 끔뻑거렸다.

"질문에 답할 사람은 많다."

진유검은 진호에게 하는 것인지 아니면 숨이 끊어진 사내에게 하는 것인지 모를 말을 툭 던지며 전장을 향해 고개를 돌렸다.

그의 눈에 숨이 끊어지기 일보직전의 상황에 처해 있는 표사의 모습이 들어왔다.

친구 설암과 함께 이번에 새롭게 수호표국의 표사가 된 윤성이었다.

진유검은 축 늘어진 사내의 몸뚱이를 막 윤성의 목숨을 취하려는 적에게 던졌다.

갑자기 뒤를 덮쳐오는 기운에 본능적으로 검을 휘두르는 사내.

자신의 검에 의해 양단된 사람이 방금 전까지만 해도 웃고 떠들던 동료라는 것을 확인한 그는 놀랄 겨를도 없이 재빨리 몸을 뺐다.

슬쩍 손만 뻗어도 윤성의 목숨을 취할 수 있었지만 자신보다 강했던 동료를 쓰러뜨린 적이 접근하고 있다는 위기감에 몸이 먼저 반응한 것이다.

그것만 보아도 혈수단이 얼마나 훈련이 잘되어 있는지 가늠할 수 있었다. 하나, 안타깝게도 상대가 너무 좋지 않았다.

뒤쪽으로 몸을 빼던 사내가 왼쪽 다리에서 느껴지는 고통에 휘청거리며 입을 쩍 벌렸다.

비명 소리가 터져 나오기도 전에 사내의 목이 허공으로 치솟았다.

"세, 세상에!"

윤성의 입에서 경악성이 터져 나왔다.

그는 보았다.

절체절명의 순간에서 자신을 구한 시신과 그 시신을 양단하고 도망치는 적을 향해 돌멩이를 발끝으로 툭 차곤 슬쩍 손을 휘두르는 진유검의 모습을.

진유검의 발에 채인 돌멩이는 도망치는 사내의 무릎을 박살 내버렸고 손끝에서 흘러나온 싸늘한 기운은 비틀거리는 그의 목을 그대로 날려 버렸다.

찰나지간 벌어진 상황에 온몸에 소름이 돋았다.

머리카락은 물론이고 전신의 솜털까지 파르르 떨었다.

"괜찮아?"

진유검의 물음에 윤성은 감히 입을 열지 못하고 고개만 끄덕거렸다.

"물러나 있어. 네가 감당할 놈들이 아니다."

강하다고 하면서 오히려 적들을 향해 걸음을 옮기는 진유검을 보며 침을 꿀꺽 삼킨 윤성은 뒤이어 따라오는 진호에게 떨리는 음성으로 물었다.

"대, 대체 뭡니까? 저 친구는."

"저… 도 모르겠습니다."

진유검의 정체에 대해 전혀 갈피를 잡지 못한 것은 진호 역시 마찬가지였다.

"그래도 확실한 건 하나 있습니다."

"그게 뭡니까?"

"그가 수호표국의 표사라는 겁니다."

"예?"

윤성은 이제 와서 그게 무슨 헛소리냐는 듯한 표정으로 진호를 응시했다.

그런 윤성의 시선에 아랑곳없이 마치 산보를 하듯 전장의 한복판으로 향하는 진유검의 등을 쫓는 진호의 눈빛은 강렬히 빛나고 있었다.

 '뭐, 이런 놈이 있냐?'

 상처 입은 맹수는 저리 가라 할 정도로 저돌적으로 돌진하는 전풍의 공세에 혈수단 부단주 단웅소는 몹시 당황하고 있었다.

 혈수단 부단주로서 그의 무공은 어지간한 문파의 장로정도는 찜 쪄 먹을 정도로 막강했다.

 단웅소는 혈수단주와 치열한 접전을 펼치고 있는 곽정산을 제외하곤 여기 있는 그 누구도 자신에게 십 초를 버틸 수 있는 사람이 없다고 여겼다.

 '그건 대표두로 한창 명성을 높이고 있는 폭풍검 유강 또한 예외는 아니었다. 그런 자신감이 순식간에 무너진 것은 단주가 노호성을 터뜨리며 달려온 곽정산을 상대하기 위해 움직인 직후였다.

 혈수단주를 제외하고 적들 중 가장 강한 사람이 단웅소임을 간파한 전풍이 느긋하게 수하들을 지휘하던 단웅소를 직접 노린 것이다.

 단웅소는 자신을 공격하기 위해 달려오는 전풍을 보며 처음엔 비웃음을 날렸다.

 평범한 덩치에 평범한 외모, 몸에서 뿜어져 나오는 기세는 좋았지만 그저 공을 세우고 싶은 마음에 분수도 모르고 미쳐 날뛰는 애송이 그 이상도 이하도 아니라 판단했다.

애당초 자신에게 도달할 거란 생각도 하지 않았다.

수하들이 애송이라고 봐줄 리가 없었기 때문이다.

그러나 전풍을 공격하던 첫 번째 수하가 주먹 한 방에 머리가 박살이 나서 쓰러지고, 두 번째 수하마저 연속적으로 이어지는 발길질을 감당하지 못하고 무참히 나가떨어지자 자신의 판단이 틀렸음을 인정하지 않을 수 없었다.

상대는 애송이가 아니었다.

본격적으로 전풍과 손속을 겨루게 되었을 때 확실하게 느낄 수 있었다.

아무렇게나 내지르고 휘둘러대는 것 같아도 공수의 조화가 완벽하고 빈틈이 없었다. 위력 또한 막기가 버거울 정도로 강맹했다.

무엇보다 놀라운 것은 상대에게서 나이와는 전혀 어울리지 않는 노련함이 느껴진다는 것이다.

"네놈, 의협진가의 제자냐?"

단응소가 시큰거리는 손목을 부여잡고 거친 숨을 몰아쉬며 물었다.

"바보냐? 의협진가가 검으로써 명성 높은 곳이라는 건 지나가는 똥개도 아는 사실이다."

전풍이 한심하다는 듯 혀를 차고 주먹을 불끈 쥐며 흔들자 단웅소의 얼굴이 순식간에 벌게졌다.

건방진 말을 툭툭 내뱉는 입을 당장에라도 찢어버리고 싶었으나 지금은 그럴 때가 아니었다.

단웅소가 불같이 치미는 분노를 애써 달래며 다시 물었다.

"하면 항주에서 새로 모집했다는 표사더냐?"

"뭐, 그런 셈이지."

"그 정도 실력이면 표사 따위를 하고 있을 이유가 없을 텐데."

"누구에게나 사정은 있는 법이야."

전풍이 어깨를 으쓱이며 말했다.

"그 사정이라는 것이……."

"이봐. 형씨."

전풍이 건들거리는 자세로 단웅소의 말을 잘랐다.

"뒤틀린 속을 진정시키기 위해서 헛소리를 늘어놓는 것은 알겠는데 어지간하면 그냥 나한테 뒈지는 것이 좋을 거야. 괜히 시간 끌다 저 인간이 오면 곱게 못 죽어. 한번 성질이 나면 뒤끝이 대단하거든."

전풍이 턱 끝으로 단웅소의 뒤편을 가리켰다.

자신도 모르게 시선을 돌리는 단웅소.

뭔가를 본 것인지 그의 눈이 경악으로 부릅떠졌다.

"이, 이럴 수가!"

무수한 비명이 전장을 울리는 것은 느끼고 있었다.

비록 전풍과의 싸움에 전념하느라 제대로 파악을 하지는 못하고 있었지만 혈수단이 적들을 마음껏 도륙하며 발생하는 소리라 미루어 짐작했다.

그런데 아니었다.

도륙을 당하는 것은 수호표국의 표사들이 아니라 오히려 공세를 펼치던 혈수단이었고 그들이 내는 처참한 비명이 전장을 뒤흔드는 것이었다.

"마, 말도 안 돼!"

단웅소의 입에서 비명과도 같은 신음이 튀어나왔다.

"안 되긴 뭐가? 저 정도면 그래도 살살해 주고 있는 건데. 크크크!"

전풍이 놀란 눈을 치켜뜨는 단웅소를 향해 장난스럽게 웃었다.

"만약 주군이 작심을 했다면 저렇게 간단하게 끝나진 않았어. 봐, 별다른 고통도 없이 한 방에 가잖아. 운이 좋다고 생각해. 뭐, 재수 없는 놈들이 있긴 하지만."

전풍은 때마침 사지가 절단이 되어 쓰러지는 사내를 보며 어깨를 으쓱거렸다.

단웅소는 대꾸할 힘도 없었다.

눈앞에서 펼쳐지는 믿기 힘든 광경에 그만 넋을 잃고 말았다.

단웅소의 눈에 비친 진유검은 괴물이었다.

전풍이 맨손으로 자신을 상대하는 것과는 달리 수하들을 추풍낙엽처럼 쓸어버리는 진유검의 손에는 무기가 들려 있었다.

쟁자수들이 땀을 닦기 위해 목에 걸치고 있는 수건을 무기라 칭하는 것이 말도 안 되는 것임을 알지만 지금 진유검의 손에 들린 수건은 그 어떤 신병이기보다 무시무시한 위력을 발휘했다.

수건을 이용한 진유검의 공격은 간단했다.

그저 수건의 한쪽 끝을 말아 쥐고 상대를 향해 뻗었다가 홱 낚아채며 순간적인 파괴력을 높이는 단순한 공격.

동네 꼬마아이들의 장난과도 같은 단순한 공격에 신도세가에서 고르고 골라 훈련시킨 최정예가 속수무책을 당하고 있었다.

수건 끝이 머리를 향하면 머리가 부서지고, 팔을 향하면 팔이 끊어졌으며, 몸통을 향하면 몸통이 짓뭉개졌다.

피한다고 피해지는 것이 아니고 대항을 하고 싶다고 해서 되는 것이 아니었다.

결국 공포감을 이기지 못하고 도주하는 자들이 생겼지만

수건에서 뿜어져 나온 기운에 사지가 절단되어 쓰러졌다.

전풍이 방금 전 본 장면이 바로 그런 상황 중 하나였다.

"대, 대체 네놈들은 누구냐?"

단웅소가 공포가 가득 담긴 목소리로 물었다.

"그냥 표사라니까. 시답잖은 소리는 하지 말고 대충 진정됐으면 다시 붙어보자고. 알았어, 알았어. 죽이지는 않을 테니까 너무 겁먹지는 말라고."

전풍이 손가락을 까딱이며 단웅소를 도발했다.

단웅소는 심각하게 굳은 표정으로 전풍을 응시했다.

전풍의 목소리, 행동 하나하나에 깃들어 있는 것은 애송이의 치기 어린 자만심이 아니라 자신감이었다.

그것을 인정할 수밖에 없는 자신의 상황이 너무도 참담했다.

'단주님.'

단웅소의 절망 어린 눈이 단주에게 향했다.

전장에서 조금 떨어진 곳에서 맹렬하게 곽정산을 몰아치고 있는 단주는 수하들에게 무슨 일이 벌어지고 있는지 파악하지 못한 듯했다.

꽝! 꽝! 꽝!

격렬한 충돌음과 함께 혈수단주의 맹렬한 공격이 곽정산

에게 쏟아졌다.

"우웩!"

연속으로 이어지는 공격을 겨우 막아낸 뒤, 비틀거리며 물러나는 곽정산의 입에서 검붉은 피가 쏟아져 나왔다.

거푸 세 번이나 피를 토한 뒤에야 겨우 중심을 잡는 그의 몸 곳곳에 격전을 펼친 흔적이 보였다.

넝마가 되어버린 의복은 붉은 피로 물들었고 왼쪽 어깨와 허벅지, 우측 옆구리의 자상은 손가락이 들어갈 정도로 넓고 깊었다.

볼품없이 부러져 겨우 손잡이만 남은 검은 마치 주인과 같은 운명을 지닌 것 같았다.

하지만 무엇보다 곽정산을 힘들게 한 것은 혈수단주의 공격을 막아내기 위해 무리하게 진기를 운용하다 회복하기 힘들 정도로 치명적인 내상을 당한 것이다.

혈수단주와 싸움을 시작할 때 곽정산은 목숨을 담보로 선천진기를 일으켰다.

부상을 당한 몸 상태론 오랫동안 싸움을 할 수 없다고 여기곤 최대한 빨리 적의 수장을 치는 것만이 그나마 싸움에서 이길 수 있는 가능성을 높여줄 수 있다는 판단에서였다.

하지만 선천진기를 사용했음에도, 그래서 과거의 무위를 일시적이나마 회복했음에도 혈수단주를 제압하지 못했다.

처음엔 그래도 기선을 잡을 수 있었으나 쉬지 않고 몰아쳐 오는 혈수단주의 힘과 패기, 막강한 내력에 점차 고전을 면치 못했다.

눈 깜짝할 사이에 삼십여 초가 넘는 공방이 이어졌다.

그 과정에서 곽정산은 혈수단주에게 왼쪽 볼에서 목덜미를 지나 가슴까지 이어지는 길쭉한 검상을 하나 남겨줄 수 있었다.

한데 그뿐이었다.

초반에 반짝 선전을 하고 이후, 힘이 떨어지기 시작한 시점에선 단 한 번의 공격도 성공하지 못한 채 일방적으로 당해야만 했다.

놀랍게도 상대의 검법은 무림일절이라는 의협진가의 검법에 전혀 손색이 없었다.

빠르지는 않았지만 날카로웠고 현란하지 않아도 실초와 허초를 구별하기가 불가능할 정도로 변화막측했다.

초식 하나하나에 담겨 있는 강맹한 위력은 의협진가의 검법을 능가할 정도였다.

"아쉽소. 정상적인 몸이었다면 좀 더 멋진 대결을 펼칠 수 있었을 텐데 말이오."

혈수단주는 승리를 확신한 듯 검을 늘어뜨렸다.

"건방진 놈! 이죽거리지 마라. 노부의 몸이 멀쩡했다면 네놈은 이미 숨이 끊어졌을 것이다."

"부인하진 않겠소. 솔직히 당신의 실력은 내가 상상하는 것보다 훨씬 뛰어났으니까. 솔직히 염홍인가 뭔가 하는 늙은 이한테는 실망을 많이 한 탓에……."

"그 더러운 입으로 사제의 이름을 함부로 거론하지 마라!"

"사제? 아, 그가 당신 사제였소?"

"닥쳐랏!"

곽정산이 소리를 질렀지만 혈수단주는 아랑곳하지 않았다.

"그는 당신보다 약했소. 의협진가 내에 처박혀 세월만 축 낸 것인지 검을 다루는 데는 뛰어났지만 임기응변에 너무 약하더군."

"네놈이 감히! 닥치라고 했다!"

곽정산의 노호성이 용두암을 뒤흔들었다.

"쯧쯧, 그렇게 화를 낼 필요는 없소. 어차피 곧 만나게 될 터이니."

곽정산의 반응에 오히려 느긋한 미소를 지은 혈수단주가 최후의 일격을 날리기 위해 검을 움직였지만 선천지기까지 모두 소비한 곽정산은 손가락 하나 까딱할 힘이 없었다.

"그렇게 억울해하지는 마시오. 본가의 대업을 위해 희생되는 영광을 얻는 것이니."

"본… 가?"

원독에 찬 눈빛으로 중얼거리던 곽정산의 눈동자가 크게 흔들렸다.

"그, 그렇구나! 이제야 알겠다. 어쩐지 네놈의 검법이 어딘지 모르게 낯이 익더라니! 신.도.세.가였더냐?"

곽정산의 목숨을 막 취하려던 검이 멈췄다.

"확실히 경험이라는 건 무시를 못하겠구려. 본가의 색채를 많이 지워서 어지간하면 눈치를 채지 못하는데."

곽정산이 무공만으로 자신의 정체를 파악해 내자 혈수단주가 놀랍다는 듯 탄성을 터뜨렸다.

"어차피 알았으니 정식으로 소개하겠소. 최소한 염라대왕 앞에서 누구 손에 당했는지는 고해야 할 터이니 말이외다. 혈수단을 맡고 있는 신도광(申屠廣)이라 하오."

"신도장(申屠壯)과는 무슨 관계냐?"

곽정산이 현 신도세가의 가주를 들먹였다.

"백부님 되시오."

문득 신도광의 얼굴에 신도세가 역사상 최고의 고수라는 인물의 모습이 겹쳐졌다.

"백부? 하면 네가 천무진천(天武振天) 신도충(申屠衝)의 아들이란 말이냐?"

신도광이 어깨를 들썩이는 것으로 답을 대신했다.

"대체 네놈들이 본가와 무슨 억하심정이 있기에 이런 무도한 짓을……."

곽정산은 스스로 질문을 멈췄다.

의협진가 내에 신도세가와 연관이 있는 누군가를 떠올린 것이다.

"역시, 눈치가 참 빠르시오. 짐작하시는 대로요. 이제 곧 의협진가는 신도세가의 핏줄이 차지하게 될 것이오."

순간, 싸늘한 음성이 그의 귓가에 날아와 꽂혔다.

"누구 맘대로?"

말이 채 끝나기도 전에 신도광의 몸이 엄청난 속도로 회전했다.

코앞에 진유검이 서 있는 것을 확인한 그의 얼굴이 경악으로 물들었다.

그와 진유검의 거리는 고작 이 장 정도에 불과했다.

고수들에게 있어 적이 그 정도까지 거리를 좁혀 들어오는 것을 눈치채지 못했다는 것은 목숨을 내놓는 것이나 다름없는 것이다.

곽정산과의 싸움에서 승리를 했다는 것에 대해 일말의 방심이 있을 수는 있었지만 그래도 이건 아니었다.

"너는 누구냐?"

신도광이 잔뜩 긴장한 얼굴로 물었다.

진유검은 질문엔 아예 대꾸조차 하지 않고 곽정산에게 다가갔다.

"괜찮으십니까?"

"꽤, 괜찮다."

놀라기는 곽정산도 마찬가지였다.

남다른 재주가 있다고는 여겼지만 설마하니 신도광의 이목을 숨기고 접근할 수 있을 정도로 뛰어난 실력을 지녔을 줄은 상상도 하지 못했다.

"방금 누구냐고 물었다."

신도광의 음성에 찐득한 살기가 묻어나왔다.

대답 여하에 따라서 당장에라도 손을 쓰기라도 할 듯 전신에서 숨쉬기도 힘들 정도로 맹렬한 기세가 뿜어져 나왔다.

닿기만 해도 베일 것 같은 살기를 온몸으로 감당하면서도 진유검은 여유 만만했다.

"궁금하면 곽 장로님처럼 스스로 알아보든가."

진유검의 빈정거림에도 신도광은 놀라울 정도의 인내력으로 화를 억눌렀다. 그리곤 최대한 냉정히 진유검의 모습을 살폈다.

모든 것이 평범했다.

다른 미사여구가 필요 없을 정도로 너무도 평범했다.

그것이 오히려 더 기분이 나빴다.

곽정산을 쓰러뜨린 자신 앞에 이런 여유로움을 보일 수 있다는 것은 그만큼 믿는 구석이 있다는 것.

누군가를 믿고 있거나 아니면 스스로를 믿든가.

느낌이 후자에 가까웠다.

그렇다면 상황은 더욱 심각했다.

상대가 스스로의 실력을 믿을 만큼 강한 고수임에도 그 기운을 전혀 느낄 수 없다는 것은 완벽하게 기운을 몸 안에 갈무리했다는 것이었고, 이는 곧 무림에서 찾아보기 힘들 정도로 귀한 반박귀진(反樸歸眞)의 경지에 올랐다는 것을 의미했다.

'마, 말도 안 돼! 본가에서도 아버님밖에 오르시지 못한 경지거늘.'

그리고 보니 상대의 전신에서 느껴지는 부드럽고 여유로운 기운이 부친과 닮았다는 느낌을 받았다.

오직 절대자들만이 지닐 수 있는 여유.

바로 그때 좌측에서 엉뚱한 음성이 들려왔다.

"뭐하십니까, 주군? 빨리 마무리하지 않고."

전풍이 반죽음이 된 단웅소를 질질 끌며 다가왔다.

"부, 부단주!"

신도광이 비명처럼 단웅소를 불렀다.

자신을 제외하고 혈수단에서 가장 뛰어난 무공을 지닌 단응소가 개처럼 끌려오자 정신이 아찔했다.

그제야 전장의 상황이 눈에 들어왔다.

일방적으로 도륙을 하고 있으리란 예상과는 달리 곳곳에서 벌어지는 싸움은 혈수단이 아니라 오히려 표사들이 압도를 하고 있었다.

대원들의 수도 이미 삼분지 이나 줄어 있었고 그마저도 얼마나 버틸지 알 수가 없었다.

"뭐하러 여길 와. 표사들이나 돕지 않고."

진유검이 눈살을 찌푸리자 전풍이 후미로 힐끗 시선을 돌리며 말했다.

"어차피 끝난 싸움이잖아요. 놈들의 절반은 주군께서 황천길로 보내버리셨고 나머지도 거의 다 병신으로 만드셨잖습니까?"

"봤냐?"

"그럼요. 제가 옆에서 당한 게 몇 년인데 무흔지(無痕指)를 몰라볼까요? 하긴 저놈들은 자신들의 팔다리가 왜 갑자기 말을 듣지 않는지 알지 못하겠지만요."

농담처럼 주고받는 말에 신도광은 물론이고 곽정산까지 기겁할 듯 놀라고 있었다.

"그래도 용케 잡았네. 제법 실력이 있는 자로 보였는데."

진유검이 전풍의 발아래에 놓인 단웅소의 얼굴을 확인하

며 말했다.

"이 정도 상대야 우습지요. 뭐, 저 인간이라면 조금 버겁겠네요. 흐흐흐! 물론 제가 작심을 한다면야 문제될 건 없지만."

자신을 바라보며 음침한 웃음을 흘리는 전풍의 모습에 신도광은 그저 어이가 없을 뿐이었다.

"개나 소나 할 것 없이 모두 다 함부로 지껄이는구나. 대체 언제부터 본 단주가 이리 얕보였다 말인가!"

스스로에게 소리친 신도광이 검을 치켜세웠다.

"네가 할래?"

진유검의 물음에 전풍이 고개를 흔들었다.

"괜히 기운 빼서 뭐합니까? 주군께서 그냥 상대하십시오."

전풍은 곽정산의 앞에서도 진유검을 형님이 아니라 원래의 호칭대로 불렀다.

어차피 실력을 보인 마당에 형님이니 뭐니 하며 괜히 둘러댈 필요가 없다고 판단한 것이다.

"찢어 죽인다!"

전의를 끌어올리고 있는 자신을 앞에 두고도 한가로이 노닥거리는 두 사람의 모습에 신도광의 인내심이 마침내 폭발했다.

곽정산을, 의협진가의 검을 무너뜨린 신도세가의 무공이

진유검과 전풍을 향해 짓쳐 들었다.

애초에 상대할 생각이 전혀 없던 전풍이 훌쩍 뒤로 물러나
자 신도광의 공격은 고스란히 진유검에게 향했다.

진유검은 신도광의 검이 코앞에 이를 때까지 아무런 움직
임도 보이지 않았다.

잠시 희망을 품었던 곽정산이 그러면 그렇지 하는 안타까
운 표정으로 탄식성을 내뱉을 때 진유검의 손에 들린 수건이
살짝 움직였다.

꽝!

천근거석이라도 단숨에 베어버릴 것 같은 검과 쟁자수의
목에 걸려 있던 수건이 부딪치는 소리라고는 상상할 수 없을
정도로 큰 충돌음이 터져 나왔다.

외마디 비명과 함께 뒷걸음질 치는 신도광.

그의 신형은 땅바닥이 푹푹 파일 정도로 큰 족적을 남기며
일곱 걸음이 물러난 뒤에야 멈춰졌다.

경악으로 가득 찬 신도광의 눈이 여전히 떨림을 멈추지 않
고 검과 검을 잡고 있는 손으로 향했다.

단 한 번의 충돌도 감당하지 못한 것인지 손아귀는 형편없
이 찢어져 붉은 피가 줄줄 흘러내리고 있었다.

더욱 참담한 것은 상대가 들고 있는 것이 고작 수건에 불과
하다는 것이었다.

"쯧쯧, 기왕 들고 다닐 것이라면 쓸 만한 것을 들고 다니지 어째 그리 변변찮은 무기를 들고 다니는 걸까나."

수건 하나를 어찌하지 못했다는 자괴감에 신도광은 전풍의 비아냥에도 아무런 대꾸를 하지 못했다.

"아직 뭔 소린지 이해를 하지 못하는 모양이네."

피식 웃은 전풍이 발에 채인 돌멩이 하나를 집어 신도광에게 던졌다.

가볍게 던졌다고는 하나 돌에 실린 힘이 만만치 않았기에 소홀히 할 수 없었던 신도광이 검을 들어 돌멩이를 튕겨냈다.

그 순간, 믿을 수 없는 일이 벌어졌다.

천하의 명검은 아니더라도 이름난 장인이 혼신의 수백 번의 담금질을 해서 만들었다는 검이 고작 호두알만 한 돌멩이를 이겨내지 못하고 뎅강 부러져 버린 것이다.

"이제 알았지. 아무튼 조심하라고. 우리 주군은 상대가 무기가 없다고 해서 봐주는 사람이 아니니까."

진유검은 부정을 하지 않았다.

그래도 마음엔 들지 않았는지 전풍을 슬쩍 노려본 뒤 신도광을 향해 천천히 접근했다.

신도광이 부러진 검을 던졌다.

수건과 부딪친 검날이 산산조각이 나 흩어졌고 튕겨진 손잡이가 신도광의 어깨를 살짝 스치며 날아갔다.

"검법은 보았으니 이제 권장은 어떤지 볼까? 어디 한번 잘 막아보라고."

차갑게 웃은 진유검이 수건을 움직였다.

신도광은 마치 독니를 드러낸 독사처럼 가공할 속도로 꿈틀대는 수건을 막기 위해 필사적으로 움직여야 했다.

여유롭게 수건을 날리는 진유검과는 달리 이를 막아내는 신도광의 안색은 흙빛으로 변해 있었다.

팡! 팡! 팡!

날카로운 마찰음과 함께 신도광의 몸이 크게 흔들렸다.

전신의 요혈을 송곳처럼 찔러오는 수건을 막아낸 손바닥이 처참하게 찢어지며 사방으로 피가 튀었다.

수건을 휘감았던 소맷단은 갈가리 찢어졌고 정면으로 쳐낸 주먹은 하얀 뼈가 드러날 정도였다.

진유검의 공격을 벗어나기 위해 아무리 빠르게 몸을 움직여도, 신도세가가 자랑하는 보법을 사용하여 따돌리려고 하여도 진유검과의 거리는 가까워지지도 멀어지지도 않은 채 항상 일정하게 유지되었다.

"으아아아아!"

신도광은 마치 그림자처럼 자신을 따라붙는 진유검의 집요함에 몸서리를 치며 괴성을 질러댔다.

"이럴 수가!"

죽은 듯 기절했다가 겨우 정신을 차린 단웅소가 형편없이 밀리고 있는 신도광의 모습에 경악을 금치 못했다.

그가 이미 정신을 차렸다는 것을 알고 있던 전풍이 낄낄대며 말했다.

"왜? 우두머리가 저리 당하는 것이 믿기지 않나 보네."

"다, 단주님께 무슨 암계를 꾸민 것이냐?"

눈앞의 현실을 인정하고 싶지 않았던 단웅소가 악을 썼다.

"암계는 무슨. 아까 봤잖아. 우리 주군이 어떤 인물인지. 그리고 착각하는 것이 하나 있어. 지금 네 상관이란 자가 저리 버티는 건 그가 강해서가 아니라 주군께서 딱 막아낼 수 있을 정도의 공격만 하고 있기 때문이다. 애당초 끝내려고 마음먹었으면 첫 번째 공격에서 흔적도 없이 날려 버릴 수 있었어. 다만 워낙 뒤끝이 있다 보니……."

"들린다니까."

전풍은 진유검의 무심한 한마디에 움찔하여 입을 다물었다.

곽정산과 눈이 마주친 전풍이 씨익 웃으며 말했다.

"코만 개코가 아니라 귀도 밝아요. 흐흐흐!"

그런 전풍을 향해 온몸이 완전히 망가진 채 정신을 잃은 신도광이 날아들었다.

"포로다."

신도광의 몸을 발길질 한 방으로 날려 버리려던 전풍이 그 한마디에 얼른 발을 거두고 신도광의 몸을 받았다.

"괜찮으십니까?"

진유검이 곽정산에게 다가가며 물었다.

"괜찮… 네."

진유검의 진면목을 알게 된 곽정산의 말투가 자신도 모르게 바뀌었다.

"괜찮지 않은 것 같군요."

진유검은 곽정산의 허락 없이 그의 완맥을 잡고 부상을 살폈다.

"예상대로네요. 외상도 심하지만 문제는 내상입니다. 부상 당한 몸으로 너무 무리하셨습니다."

"놈과 상대하려면 어쩔 수가 없었네."

곽정산이 쓴웃음을 지으며 말했다.

"당장 운기조식을 하십시오. 제가 돕겠습니다."

진유검의 말에 곽정산이 고개를 흔들었다.

"싸움이 아직 끝나지 않았네. 또 언제 위험이 닥칠지도 모르고."

"아니요. 싸움은 끝났습니다. 놈들은 더 이상 대항할 힘이 없습니다."

진유검의 말대로였다.

진유검이 신도광을 완벽하게 무장해제 시키던 순간, 용두 암 아래서 펼쳐진 싸움 또한 그 끝을 보이고 있었다.

혈수단 절반이 진유검의 손에 목숨을 잃었고 남은 자들도 그가 곽정산을 구하기 위해 달려오기 전에 날린 무흔지로 인해 정상적으로 싸울 수 있는 처지가 아니었다.

비록 급하게 모집한 표사들이 대항할 수준은 아니나 유강을 필두로 장초, 등온 등 의협진가의 제자들과 녹림관관 주유망의 실력은 부상당한 혈수단원들이 감당할 수 있는 자들이 아니었다.

아직 저항을 멈추지 않은 이들 몇이 있었지만 그들 역시 곧 무너지리라는 것은 너무도 자명했다.

"전풍."

"예, 주군."

"아무도 얼씬 못하게 만들어라. 예외는 없다."

"알겠습니다. 우선 이놈부터요."

지금껏 장난스런 표정을 잃지 않았던 전풍의 얼굴이 모처럼 진지해졌다.

전풍이 정신을 차리고 있던 단응소의 머리를 걸어차 다시금 기절을 시키자 진유검이 곽정산의 등 뒤로 돌아가 앉아 장심에 손을 대었다.

"일단 급한 불부터 끄는 것을 목표로 하지요."

"고맙네."

곽정산은 진유검의 호의를 거절하지 않았다.

신도광 정도의 고수를 가지고 놀 정도의 고수의 도움이라면 치료를 하는 데 큰 힘이 되리란 생각을 한 것이다.

곽정산의 운기조식이 이어지는 동안 싸움을 끝마친 수호표국의 표사들이 다가왔다.

진유검의 명을 받은 전풍이 이들을 막아섰다.

진지하다 못해 다소 위협적인 전풍의 태도에 다들 걸음을 멈출 수밖에 없었다.

곽정산의 부상을 걱정하는 몇몇 사람의 목소리가 있었지만 진유검이 운기조식을 하고 있는 곽정산을 돕고 있다는 것을 확인하곤 오히려 극도로 조심하는 눈치였다.

얼마간의 시간이 흐르고, 곽정산의 운기조식을 돕고 있던 진유검이 장심에 대었던 손을 빼며 물러났다.

운기조식에 힘쓰던 곽정산이 눈을 뜬 것은 그 후로도 한참 뒤였다.

"괜찮으십니까, 사숙?"

초조한 얼굴로 지켜보던 유강이 걱정스런 얼굴로 물었다.

"괜찮다."

여유로운 미소와 함께 고개를 끄덕인 곽정산이 진유검을 향해 말했다.

"고맙군. 자네가 아니었으면 꼼짝없이 죽을 뻔했는데."

죽을 뻔했다는 곽정산의 말에 다들 경악을 감추지 못했다.

진유검의 도움을 받아 힘겹게 운기조식 하는 모습에 곽정산의 부상이 심각하다는 것은 어느 정도 느끼고 있었지만 설마하니 생사의 기로에 놓였을 줄은 미처 몰랐던 것이다.

"오랫동안 정양을 하셔야 예전의 모습을 회복하실 수 있을 겁니다."

"허허허! 죽음의 문턱에서 간신히 건진 목숨인데 그게 뭐 어렵겠나."

너털웃음을 흘린 곽정산이 안도의 한숨을 쉬고 있는 유강 등을 돌아보며 물었다.

"피해는 얼마나 되느냐?"

"표사 아홉이 죽고 열둘이 큰 부상을 당했습니다."

상대의 전력을 생각해 보며 기적과도 같은 일이었지만 설사 그렇다고 해도 마음이 편하지는 않았다.

"놈들은?"

곽정산이 입술을 지그시 깨물며 되물었다.

"일찌감치 항복한 놈을 제외하곤 모두 죽었습니다."

"항복을 한 자가 있다더냐?"

"예, 한 놈 있습니다. 데려와라."

유강의 명이 떨어지자 장초가 평소 독이 잔뜩 오른 모습과는 달리 두려움에 덜덜 떠는 적사를 끌고 왔다.

"흑월방의 행동대장 적사라는 놈입니다."

유강의 말에 곽정산이 이마를 잔뜩 찌푸렸다.

"흑월방의 무뢰배까지 알지는 못한다. 하지만 그놈들이 누구를 뒷배로 두고 있는지는 알고 있지."

곽정산의 매서운 눈길이 신도광에게 향했다.

"저놈들의 길잡이로 따라왔다고 하더군요. 어찌 처리할까요?"

"네 생각은 어떠냐?"

"포로는 두 놈으로 충분하지 않겠습니까? 이런 잔챙이는 필요 없다고 봅니다."

유강이 적사를 힐끗 바라보며 말했다.

평소라면 결코 그런 결정을 내리지 않았을 터이나 감정이 격해 있는 지금 유강의 태도는 전에 없이 냉정했다.

"사, 살려주십시오."

적사가 하얗게 질린 얼굴로 납작 엎드렸다.

"닥쳐!"

장초가 적사의 뒷머리를 거칠게 밟으며 소리쳤다.

적사가 머리가 땅바닥에 처박힌 채 바둥거리자 장초가 유강에게 시선을 돌렸다.

명이 떨어지기만 하면 적사의 숨통을 그대로 끊어버릴 기세다.

유강이 눈짓을 하자 적사의 머리를 밟고 있는 장초의 발에 힘이 실리기 시작했다.

바로 그때, 적사에게 구원자가 나타났다.

"그냥 데리고 가는 것이 어떻습니까?"

진유검이었다.

곽정산의 목숨은 물론이고 절체절명의 위기에 빠진 수호표국을 구해낸 진유검은 이제 단순한 표사라 할 수 없었다.

그의 한마디에 장초의 움직임이 그대로 멈췄다.

"이유를 물어도 되겠는가?"

곽정산이 물었다.

"흑월방이 이번 일에 개입했다는 중요한 증인 아닙니까?"

"흑월방 따위가 어찌 의협진가를 노릴 수 있단 말인가? 고작 길잡이에 불과하네."

곽정산은 의협진가와 흑월방의 이름이 함께 엮이는 것만으로도 모욕이라 여겼다.

"장로님의 말씀이 맞네. 흑월방의 뒷배가 신도세가라는 것은 이미 공공연한 비밀. 놈들은 그저 신도세가의 발바닥을 핥아대는 사냥개일 뿐이야."

"사냥개라도 잘못을 했으면 때려잡아야지요. 설마하니 그냥 넘어가실 생각입니까?"

"무슨 소리! 하지만 흑월방 따위와 시시비비를 가릴 생각은 없네. 본가를 능멸한 신도세가에 책임을 물어야지."

곽정산이 정색을 하며 소리쳤다.

"괜찮겠습니까? 결코 만만치 않을 곳이라 들었습니다만."

"근래 들어 신도세가의 위세가 하늘을 찌르고 있으나 이렇듯 확실한 증인이 있으니 발뺌은 하지 못할 걸세. 그걸 용인할 의협진가도 아니고."

지난 삼 년 동안 가주가 연이어 목숨을 잃는 참사를 겪으며 의협진가의 힘이 과거에 비해 급격히 위축되고 있다지만 곽정산은 자신만만했다.

무황성엔 신도세가뿐만 아니라 그들을 견제하고 싶어 안달이 난 여러 문파가 있었다.

이번 사건만 제대로 알려지면 그들의 도움을 받을 수 있을 터. 신도세가에 책임을 묻는 일은 어려울 것이 없다고 판단했다.

"당연히 그러시겠지요. 그래도 혹시 모르니 살려두는 것이 좋을 것 같습니다. 처벌은 마음만 먹으면 언제든지 할 수 있으니까요."

진유검의 거듭되는 청에 잠시 고민을 하던 곽정산은 유강과 시선을 맞추더니 고개를 끄덕였다.

"그렇게 하도록 하지. 무뢰배 놈들과 엮일 일은 없겠지만 자네 말대로 만일을 대비하는 것도 나쁘지는 않을 테니까."

곽정산의 말이 끝나자 유강이 장초에게 명했다.

"놈들의 무공을 폐하고 확실하게 결박을 해라. 혹여 목숨을 끊을 수도 있으니 입에 재갈을 물리는 것도 잊지 말고."

"알겠습니다."

장초가 명쾌히 대답하곤 적사를 비롯하여 전풍이 발로 툭 밀어주는 단웅소 등을 결박했다.

그 모습을 묵묵히 지켜보던 이들의 시선이 어느 순간, 진유검과 전풍에게 향했다.

곽정산이 헛기침을 두어 번 내뱉더니 천천히 입을 열었다.

"자, 저놈들의 처리를 그렇다 치고 이쯤에서 우리의 얘기를 한 번 해봐야겠군."

곽정산이 무슨 말을 하려고 하는지 이미 알고 있던 진유검이 살짝 웃으며 손을 들었다.

"잠시만요. 아직 처리해야 할 일이 있습니다. 전풍."

"예, 주군."

"쥐새끼가 있다."

전풍의 표정이 일그러졌다.

"또요?"

"그래, 실영림부터 우리를 쫓아다닌 놈이다. 지금까지는 그냥 두고 보았지만 더 이상 그럴 수 없을 것 같다. 놈이 지금의 상황을 웃전에 보고하게 되면 괜히 문제가 복잡해질 수 있어. 대비할 시간도 주게 되는 거고."

"그래서요?"

전풍이 심드렁히 물었다.

"그래서라니? 당장 잡아와."

"제가요? 여기 사람이 얼마나 많은……."

"그렇다 놓치면 네가 책임질래?"

진유검의 눈빛이 스산해진다는 느낌을 받은 전풍이 언제 귀찮아했냐는 듯 눈을 초롱초롱 빛냈다.

"어디에 있습니까, 그 쥐새끼?"

"북동쪽에 소나무 보이지?"

진유검이 손가락으로 대략 오륙십 장은 족히 떨어져 보이는 소나무 군락을 가리켰다.

"예."

"거기에 있다."

"쳇! 멀리도 숨어 있네."

전풍은 진유검의 말에 당연히 수긍을 했지만 간자가 숨어 있다는 말을 들을 때부터 놀란 눈으로 둘의 대화를 지켜보던 곽정산 등의 얼굴엔 불신의 빛이 가득했다.

아무리 감각이 좋기로서니 어찌 인간의 힘으로 오륙십 장이나 떨어져 있는, 거기다 기척을 숨기는 데 특화되어 있는 간자들의 존재를 눈치챌 수 있단 말인가!

"간자의 냄새를 맡은 겁니까?"

진호가 얼떨결에 질문을 던졌다.

설마하니 진호가 그런 질문을 할지 몰랐던 진유검이 자신도 모르게 피식 웃음을 터뜨리자 유강이 진호의 귀에 몇 마디 말을 속삭였다.

순간, 진호의 얼굴이 빨개졌다.

진유검의 신위가 드러난 지금, 그가 위기 때마다 냄새 운운하며 적의 존재를 알려준 것 자체가 자신의 능력을 감추기 위한 거짓된 행동임을 모두가 알고 있는데 자신만 눈치를 채지 못한 것을 부끄러워하는 것이다.

"뭐해? 저놈 튄다."

진유검이 소나무 군락을 향해 턱짓을 했다.

모두의 시선이 소나무 군락으로 쏠렸을 때, 그 먼 거리에서부터 뭔가 분위기가 심상치 않음을 파악한 간자가 재빨리 도주하기 시작했다.

"허! 빠르군."

곽정산이 도주하는 간자의 속력에 혀를 내둘렀다.

바람처럼 내달리는 간자의 경공술은 곽정산 정도의 고수가 놀랄 정도로 뛰어났다.

"이럴 줄 알았으면 차라리 은밀히 접근해 제압을 하는 건데 그랬소."

유강은 간자를 놓치게 됨으로써 앞으로 벌어질 일을 걱정
했다.

"그런 걱정은 하지 마쇼. 어떤 낯짝을 지닌 놈인지 금방 보
게 될 테니까."

자신만만하게 외친 전풍이 간자를 향해 달리기 시작했다.

큰소리 친 것에 비하면 빠른 속도는 아니었다.

일반 표사들보다야 분명 빠르긴 해도 어지간한 고수라면
코웃음을 칠 속도에 잠시나마 기대했던 이들의 얼굴에 실망
의 빛이 깃들었다.

"이거야 원. 저런 속도라면 간자를 따라잡기는커녕 얼마
지나지 않아 흔적도 찾지 못하고 말걸세. 괜한 힘 빼지 말고
돌아오라고 하는 것이 좋지 않겠나?"

곽정산이 혀를 차며 말했다.

"글쎄요. 그거야 두고 보면 알겠지요."

가볍게 미소를 지은 진유검이 난데없이 숫자를 세기 시작
했다.

"일흔 둘, 일흔 셋, 일흔 넷……."

"뭐를 헤아리는 것인가?"

유강이 궁금증을 참지 못하고 물었다.

"일전에 부춘강에서 공격을 당할 때 녀석이 물질 하나는

제대로 한다고 말씀드린 적이 있을 겁니다."

"그, 그랬던 것 같네."

유강이 기억을 더듬으며 고개를 끄덕였다.

"하지만 진짜 재주는 따로 있지요. 물질 따위는 비교도 되지 않는. 이제 다 된 것 같군요. 구십구, 백!"

순간, 한심스런 눈길로 전풍을 바라보던 이들은 실로 놀라운 경험을 하게 된다.

나름 열심히 달리는 것 같기는 했지만 앞서가는 간자와는 비교가 되지 않을 정도로 느리던 전풍의 모습이 순간적으로 그들의 시야에서 사라진 것이다.

신기루처럼 사라진 전풍을 가장 먼저 찾아낸 사람은 의외로 진호였다.

"저, 저기!"

진호가 하나의 점으로 멀어지고 있는 간자 뒤에 귀신같이 따라붙은 전풍을 가리켰다.

"마, 말도 안 돼!"

"인간이 어찌 저리 빠를 수 있단 말인가!"

곳곳에서 탄성을 넘어 경악성이 터져 나왔다.

무공을 알지 못하는 쟁자수는 그저 박수를 치며 환호성을 질렀지만 일천하나마 무공을 익히고 있는 표사들은 물론이고 나름 고수라 자부하는 유강과 곽정산 등도 벌어진 입을 다물지 못했다.

그들의 반응이 채 끝나기도 전에 전풍은 이미 축 늘어진 간자를 잡아 돌아오고 있었고 놀란 마음을 달래기도 전에 발아래에 정신을 잃은 간자가 나뒹굴었다.

전풍은 아무런 말도 하지 못하고 멍한 눈으로 자신을 바라보는 이들의 시선을 마음껏 즐기며 말했다.

"하하! 제가 조금 빠르긴 합니다."

"빠르다 뿐인가! 이건 정말이지 말도 안 되는 속력일세. 고금 제일의 경공술을 지녔다는 만리섬풍(萬里閃風)도 자네만큼 빠르지는 못할 것이야."

유강의 감탄에 전풍이 어깨를 으쓱했다.

"뭐, 그렇게까지야."

짐짓 겸양을 떨었지만 전풍의 얼굴 표정이며 거들먹거리는 몸가짐에선 오만한 자신감이 깃들어 있었다.

"백보운제(百步雲濟)라 합니다."

진유검이 조용히 말했다.

"다들 보셨다시피 백 보 만에 구름을 뛰어넘을 수 있을 정도로 엄청난 경공술입니다만 다만 아쉽게도 백 보를 뛰기까지가……."

"주군!"

전풍이 불같이 화를 내며 씩씩거리자 입꼬리를 살짝 말아

올린 진유검이 슬며시 화제를 돌렸다.

"그나저나 이 녀석은 어디에서 보낸 놈일지 궁금하군요. 아무래도 신도세가 쪽은 아닌 것 같은데 말입니다."

독기 어린 눈으로 간자를 노려보던 유강이 동의를 표했다.

"실영림에서부터 따라붙었다면 그 살수 놈들과 연관이 있 겠지. 장초."

"예, 사숙."

"수단과 방법을 가리지 말고 배후를 캐라. 단 죽이지는 말 고."

"알겠습니다."

명을 받은 장초가 그때까지 정신을 잃고 있는 간자의 머리 채를 낚아채더니 용두암 뒤편 숲으로 질질 끌고 갔다.

아무래도 배후를 캐자면 험한 꼴을 봐야 할 터. 굳이 많은 사람들 앞에서 그런 모습을 보일 필요는 없다고 판단한 것 같 았다.

숲으로 향하는 장초의 모습을 지켜보던 곽정산이 진유검 을 향해 고개를 돌렸다.

"이제 우리의 얘기를 해보세."

"말씀하시지요."

진유검이 담담히 대꾸했다.

"묻겠네. 자네는 누군가?"

착 가라앉은 곽정산의 음성엔 짙은 호기심과 더불어 약간의 경계심도 느껴졌다.

"검각과 인연이 있다는 말은 하지 말게. 실영림에선 상황이 워낙 급박해 내 잠시 간과를 했지만 지금껏 검각에서 저런 권장지각이 있다는 말은 듣지 못했네."

유강이 실영림에서 놀라운 실력을 보여줬던 전풍의 무위를 거론했다.

"방금 보여준 경공술 또한 마찬가지. 대체 자네들은 누군가? 어째서 본 표국의 표사가 된 것인가?"

"사실 표사가 될 생각은 전혀 없었습니다. 우연이 겹쳤다고나 할까요?"

"우… 연?"

유강이 고개를 갸웃거리며 되물었다.

"우리는 무창에 가야 할 이유가 있습니다. 그리고 우연찮게 수호표국이 무창으로 향하는 표행을 계획하며 표사를 모집하고 있다는 것을 알게 되었습니다. 초행길에 어려움을 겪느니 표행을 따라가면 길도 헤매지 않고 편히 갈 수 있다는 생각을 했습니다. 그게 전부입니다."

고개를 끄덕이는 진호와는 달리 곽정산과 유강은 서로의 얼굴을 마주보며 미간을 찌푸렸다.

그럴듯하기는 했다.

그렇지만 꼼꼼히 따지고 들어가면 어딘지 모르게 이상했다.

이야기에 허점이 너무 많았다.

[어찌 생각하느냐?]

곽정산이 유강에게 전음을 날렸다.

[어디까지가 진실인지 확신하지 못하겠습니다. 그러나 우리가 이들에게 도움을 받은 것은 분명한 사실입니다.]

이유야 어찌 되었든 진유검과 전풍이 수호표국에 합류를 한 덕분에 죽음의 위기를 몇 번이나 벗어나게 되었고 흉수들의 정체도 파악할 수 있었다.

그들이 수호표국, 나아가 의협진가에 어떤 꿍꿍이가 있었다고 해도 목숨의 빚을 지게 된 것은 부정할 수 없는 사실이었다.

[같은 생각이다. 아니, 설사 좋지 않은 의도가 있다고 하더라도 현재 우리가 할 수 있는 것은 아무것도 없어. 그가 마음만 먹는다면……..]

[덮어둬야겠지요?]

[그러는 것이 좋겠다. 다소 찜찜한 구석이 있기는 해도 달리 생각해 보면 무창까지 우리의 안전을 담보할 수 있는 좋은 조력자를 구한 셈이니.]

결론은 내려졌다.

"무창에 볼일이 있다고 했던가?"

"그렇습니다."

"마지막으로 묻겠네."

곽정산이 긴장 어린 눈빛으로 물었다.

"그때까지는 수호표국의 표사인가?"

진유검이 숨죽이고 자신을 지켜보는 표사들을 둘러보며 말했다.

"물론입니다. 분명 계약을 하지 않았습니까? 전 약속을 굉장히 중요시 여기는 사람입니다."

곳곳에서 안도의 한숨이 터져 나왔다.

몇 번의 위기를 넘긴 지금, 그것이 누구 덕인지 알게 된 이들은 진유검이 표행에 끝까지 함께한다는 것에 크게 안심을 했다.

"아무튼 나중에 상여금이나 듬뿍 주십시오. 이렇게 귀찮은 일이 많을 줄은 상상도 못했습니다."

"허허허! 걱정 말게나. 듬뿍 준비를 하겠네."

곽정산이 너털웃음을 지으며 흔쾌히 고개를 끄덕이자 재빨리 나선 진호가 몇 마디 말을 덧붙였다.

"진 표사님뿐만 아니라 모든 분에게 따로 상여금을 준비토록 하겠습니다."

순간, 방금 전까지만 해도 죽음의 기로에 서 있던 사람들의 것이라곤 생각할 수 없을 정도의 함성이 터져 나왔다.

그것은 단순히 돈을 많이 벌게 되었음을 기뻐하는 것이 아니라 무창까지 무사히 표행을 마칠 수 있으리란 확신, 혹을 그렇게 되었으면 하는 바람의 표시였다.

9장

무창(武昌)에 부는 바람

"아직도 연락이 없는 건가요?"

신경질적으로 질문을 던지는 중년 여인의 음성엔 짜증이 잔뜩 묻어 있었다.

아직 여름이 되려면 꽤나 많은 시일이 남아 있었건만 화기가 자꾸 치솟는지 연신 부채질을 하는 그녀의 이마는 땀으로 번들거렸다.

"아직 아무런 연락도 없습니다. 죄송합니다, 마님."

날카로운 눈매에 구릿빛 피부를 지닌 노인이 정중히 허리를 꺾었다.

"아니요. 장로께서 죄송하실 일은 아니지요. 다만 답답해서 그렇습니다."

자신이 조금은 무례했다는 생각을 했는지 중년 여인의 표정과 음성이 한결 누그러졌다.

"흑월방에 기별하여 상황을 확인하라 하였으니 곧 연락이 올 것입니다. 조금만 더 기다려 주시지요."

노인의 말에 중녀 여인의 얼굴이 다시 찌푸려졌다.

"흑월방 따위를 믿을 수 있겠습니까? 차라리 이곳에 와 있는 이들을 동원하는 것이……."

"그것은 안 될 말입니다. 지금처럼 중차대한 상황에 병력을 뺄 수는 없습니다."

노인이 정색을 하며 고개를 흔들었다.

"잊으셨습니까? 현재 이곳에 마님뿐만 아니라 동생분께서도 와 계십니다."

중년 여인이 아차 하는 표정을 지었다.

"그러게요. 자꾸만 잊는군요."

"무창상단의 호위무사 따위야 별로 문제될 것이 없지만 그들과 은밀히 섞여 있는 자들은 다릅니다."

"이화검문의 제자들 말이군요. 그런데 호위무사들 사이에 이화검문의 병력이 섞여 있다는 것은 확실한 것인가요?"

"확실합니다. 제가 오련신검(五蓮神劍)의 모습을 직접 확인했습니다."

"오련신검이라면 언젠가 들어본 적이 있는 것 같군요."

"장로의 반열에 있지만 비교적 나이가 어린 탓인지 외부엔 많이 알려져 있지 않은 인물입니다. 하나, 그의 실력은 분명 진짜입니다."

"장로님과 비교해서는 어떤가요?"

중년 여인의 입에서 질문이 툭 터져 나왔다.

그녀가 자신도 모르게 던진 질문의 무례함을 깨닫고 당황해할 때 정작 노인은 얼굴색 하나 변하지 않았다.

"확실한 것은 일단 겨뤄 봐야 알겠지만 제 아래는 분명 아니라고 봅니다. 솔직히 크게 자신은 없습니다."

중년 여인의 눈이 동그래졌다.

눈앞의 노인이 누구던가?

신도세가의 장로로서 그녀의 부군이 가장 믿는 수하이자 지지자였고 신도세가에서도 열 손가락 안에는 능히 낄 정도의 엄청난 고수였다.

현재 신도세가가 무황성, 아니, 무림에서 차지하는 위치와 보유하고 있는 전력을 감안했을 때 말이 열 손가락이지 노인의 실력이라면 어지간한 문파 정도는 혼자서도 간단히 쓸어버릴 수 있을 정도였다.

오련신검이 그런 노인조차 버거워할 정도의 실력을 지니

고 있다고 하니 중년 여인이 놀라는 것도 너무도 당연했다.

중년 여인의 불안감을 느낀 노인이 너털웃음을 흘렸다.

"허허허! 그래도 너무 걱정하지는 마십시오. 자신이 없다고 했지 진다는 말은 하지 않았습니다. 지금껏 살아온 세월이 억울해서라도 그리 쉽게 꺾일 수는 없지요."

중년 여인의 안색이 그제야 살짝 퍼졌다.

"암요. 믿지요. 오련신검이 아무리 대단해도 화우검(花雨劍)을 꺾을 수 있다고 생각하지는 않습니다."

의협진가의 여식으로 태어났지만 지금은 오히려 의협진가에 거대한 암운(暗雲)을 드리우고 있는 진선요(陳善曜)가 화우검 여회(呂誨)를 향해 믿음 가득한 눈길을 주었다.

*   *   *

"무… 창입니다."

선두에서 표행을 이끌고 있는 장초의 입에서 떨리는 음성이 흘러나왔다.

"드디어!"

"도착이다!"

"살았어! 살았다구!"

멀리 보이는 무창성의 웅장한 모습에 표사, 쟁자수 가릴 것

없이 저마다의 기쁨의 함성을 터뜨렸다.

"결국 오기는 왔구나."

유강이 감격 어린 눈빛으로 무창성을 바라보았다.

옆으로 다가온 곽정산이 유강의 어깨를 가만히 짚었다.

"고생했네."

"장로님 덕분이었습니다."

"그게 어째서 내 덕인가? 우리 모두가 함께 애쓴 덕이지. 물론 그중 특별한 사람이 있기는 했지만."

곽정산이 때마침 눈이 마주친 진유검에게 엷은 미소를 흘리며 말했다.

"예, 그들과 만난 것이 정말 천운이었습니다."

진유검과 전풍을 바라보는 유강의 눈빛엔 고마움으로 가득했다.

"한데 저들의 진정한 정체가 뭘까요?"

"글쎄. 저들의 출신지를 감안했을 때 검각을 떠올려 봐야겠지만 일전에도 말했듯 검각에는 전풍이 우리에게 보여준 권장지각은 존재하지 않네. 진 표사 역시 검각의 검법을 익힌 것 같지는 않고. 뭐, 본인들이 얘기를 하지 않는 이상 알 방법이 없겠지. 하지만 일신에 지닌 무공을 감안했을 때 결코 평범한 이들은 아닐세."

곽정산이 묘한 표정으로 전풍과 투닥거리고 있는 진유검

을 응시했다.

"전 표사가 보여준 백보운제라는 경공은 정말 충격이었습니다."

유강이 몸을 부르르 떨었다.

지금도 눈 깜짝할 사이에 도주하는 간자를 잡아오던 그 엄청난 속도를 생각할 때면 몸에 전기가 흐르기라도 하듯 전신이 찌릿찌릿해졌다.

"충격이었지. 지금껏 수많은 고수를 보아왔지만 단언컨대 그 누구와도 비교를 불허할 정도였네."

전풍의 가공할 경공술에 곽정산 또한 유강만큼이나 감탄을 금치 못했다.

"단순히 상여금으로 끝내서는 안 된다고 봅니다, 장로님."

"아무렴. 이토록 좋은 인연을 겨우 돈 몇 푼으로 날릴 수야 없지. 저들이 무슨 목적으로 무창에 온 것인지는 모르지만 어쨌든 정식으로 본가에 초대할 생각이네. 이미 공자님과 얘기를 해두었다네."

"다행이군요."

곽정산과 유강이 대화를 나누고 있는 사이, 목적지를 눈앞에 둔 일행의 걸음은 점점 더 빨라졌다.

표물을 모두 잃은, 표국의 입장에선 그야말로 최악의 표행이었지만 적의 공격을 뚫고 일단 목숨을 건진 것만으로도 다행스런 표행길이었다.

의협진가의 지원군을 공격한 것이 신도세가임을 증명할 두 명의 포로를 잡은 것에 이어 전풍이 도주하던 무창상단의 간자를 생포하는 덕분에 표행을 공격한 것이 암혼각이라는 것, 그리고 암혼각을 사주한 것이 무창상단이라는 것을 확인한 지금 표물을 잃어버린 것은 문제될 것이 전혀 없었다.

표물에 대한 피해 보상은커녕 오히려 항주로 오가는 표행길에서 표물을 지키다 희생된 표사, 쟁자수들의 목숨값을 받아내야 할 입장이었다.

표행에 실패했을 경우 세 배로 배상한다는 계약을 감안했을 때 얼마를 받아내야 할지 감조차 오지 않았다.

항주까지 왕복하는 과정에서 목숨을 잃은 표사와 쟁자수의 수만 물경 칠십여 명. 사람의 목숨값이라는 것이 감히 정할 수 없는 것이기에 어쩌면 무창상단이 문을 닫아야 할지도 몰랐다.

"조금 걱정입니다."

유강이 표사들에 의해 질질 끌려오는 포로들을 힐끗거리며 말했다.

"뭐가 말인가?"

"본가에 두 분 마님께서 와 계시지 않습니까?"

"그런데?"

"수행하기 위해 제법 많은 인원이 따라왔다고 들었습니다."

곽정산의 눈꼬리가 하늘로 치켜 올라갔다.

"흥, 수행이라기보다는 본가를 위협하기 위함이겠지."

"게다가 이미 포섭된 이들도 있는 것 같더군요. 아무래도 진 공자님의 정통성이 약하다 보니……."

"신경 쓰지 말게. 어딜 가도 간도 쓸개도 없는 위인들이 있는 법이라네."

몇몇 사람의 얼굴을 떠올린 곽정산이 차가운 비웃음을 흘렸다.

"한데 책임을 물을 수 있겠습니까?"

"당연히. 우리에겐 놈들의 만행을 입증할 증인이 있네."

자신만만해하는 곽정산과는 달리 유강은 상당히 신중한 모습이었다.

"무창상단이야 제 놈들이 한 짓이 있으니 그다지 문제될 것은 없겠지만 신도세가는 다릅니다. 아무리 증인을 내세워도 부인을 하려고 할 것입니다. 힘을 과시하며 노골적으로 찍어 누르려 할 수도 있고요."

"그거에 굴복한다면 의협진가가 아니지."

곽정산의 노기 띤 얼굴에 유강이 짧은 한숨을 내뱉으며 말을 이었다.

"신도세가와 무창상단, 양쪽에서 공격을 했습니다. 지금껏 본가의 후계구도를 놓고 치열하게 대립을 했던 그들이 공동의 적을 치기 위해 손을 잡은 것입니다."

"공동의 적?"

곽정산의 시선이 자신도 모르게 진호에게 향했다.

"신도세가를 견제하는 세력의 도움을 얻어내기도 전에 자칫하면 본가에 피바람이 불 수도 있습니다."

"……."

"신중히 생각을 하셔야 할 것입니다. 어쩌면 이번 일을 잠시나마 묻어두어야 할 수도 있습니다. 신도세가를 견제할 세력의 도움을 얻기 전까지는 말입니다."

유강은 그 말을 끝으로 입을 다물었다.

어차피 결정은 곽정산과 진호를 지지하는 몇몇 장로가 하게 될 것이다.

의협진가가 공격을 받은 이상 지금껏 중도에서 침묵을 지키던 이들이 나설 수도 있는 것이고 운이 좋다면 잠시 본가를 등지고 돌아섰던 이들까지 의협진가의 깃발 아래 다시 힘을 합칠 수도 있을 것이다. 어디까지나 바람이고 희망이었지만.

이후, 곽정산과 유강은 한참 동안이나 말이 없었다.

곽정산은 유강의 충고를 곱씹느라, 유강은 유강대로 의협진가를 뒤덮고 있는 암운에 대해 고심을 하느라 깊은 침묵에 빠졌다.

표행의 가장 큰 어른이라 할 수 있는 두 사람의 분위기가 무거워지자 잠시나마 들떠 있던 일행의 분위기도 착 가라앉았고 서로 눈치를 보며 함부로 입을 열지 않았다.

무거운 분위기는 무창성 외곽에 위치한 의협진가와는 달리 성내 중심에 위치한 수호표국에 도착할 때까지 계속 이어졌다.

그 바람에 가장 후미에서 조금 뒤쳐져 따라오던 진유검과 전풍이 어느 순간, 감쪽같이 사라졌다는 것을 아무도 눈치채지 못했다.

일행이 그들이 사라졌음을 확인한 것은 수호표국의 정문에 도착하기 직전이었다.

"이런 실수를 하다니!"

진유검과 전풍이 사라졌음을 확인한 곽정산과 유강은 그야말로 망연자실. 누가 뭐라 할 것도 없이 짙은 탄식을 내뱉었다.

"흐흐흐! 역시 많이 놀란 눈칩니다."

멀리서 수호표국 정문을 지켜보던 전풍은 갑작스레 사라진 자신들로 인해 어쩔 줄을 몰라 하는 표사들의 모습이 재밌는지 낄낄대며 웃어댔다.

"놀랄 것까지야."

진유검은 그다지 대수롭지 않게 대꾸했지만 당혹감을 감추지 못하고 있는 곽정산과 유강의 모습에 조금은 미안한 마음이 들었다.

"그런데 갑자기 이런 이유가 뭡니까, 주군? 의협진가로 가는 거 아니었습니까?"

"의협진가로 가기 전에 들를 곳이 있었다."

"들를 곳이요? 아, 맞다. 무창에도 복천횐가 뭔가 하는 곳의 지부가 있다고 했지요."

"입 좀 닥치고!"

진유검이 정색을 하며 소리쳤다.

독고무가 당당히 세상 밖으로 나설 때까지 복천회란 이름은 결코 함부로 입에 담아선 안 되는 말이었다.

"죄, 죄송합니다."

전풍이 뒤통수를 벅벅 긁어대며 머리를 숙였다.

"부탁이니 제발! 그만 좀 죄송해라. 아예 입을 꿰매버릴 수가 있다."

잡아먹을 듯 노려보던 진유검이 몸을 홱 돌렸다. 그러자 재빨리 따라붙은 전풍이 다시 입을 놀렸다.

"그런데 굳이 찾아갈 이유가 있습니까? 정보라면 항주에서 이미 다 받은 것 아닌가요?"

언제 혼났느냐는 듯 입을 놀려대는 전풍.

조금 전의 분위기라면 진유검이 당장 폭발해도 이상할 것이 없어 보였지만 지난 십수 년간 지금과 같은 상황을 수백, 수천 번을 겪었던 진유검은 별다른 반응 없이 순순히 대답을 해줬다.

"시간이 제법 흘렀잖아. 현재 무창의 상황이 항주에서 얻은 정보대로라는 법은 없다."

"에이, 며칠이나 흘렀다고요."

"그 며칠 사이에 의협진가를 공격했던 신도세가의 정예가 싸그리 사라졌지. 무창상단에서 고용한 암혼각의 살수들은 전멸을 했고. 그것만으로도 엄청난 변화야. 이미 우리가 알지 못하는 수많은 변수가 생겼다고 봐야겠지."

진유검이 차분히 설명을 했지만 듣는 전풍의 표정은 심드렁하기만 했다.

"역시. 전에도 느낀 건데 그 영감탱이하고 어울리시더니 확실히 이상해졌어요."

"영감탱이? 누구? 아, 마도제일뇌?"

"그 재수없는 영감탱이가 마도제일뇐지 뭔지는 모르겠지만 음흉하기 짝이 없는 영감이라는 것은 알지요. 아무튼 그 영감탱이하고 어울리면서 주군이 주군답지가 않아졌단 말입니다."

"나다운 게 뭔데?"

진유검이 기가 막힌다는 표정을 지으며 반문했다.

"무영도에서 주군은 무슨 일이 닥치든 피하지 않았습니다. 남자는 주먹! 이런 신념을 가지고 일이 해결될 때까지 좌우 살필 것도 없이 그냥 쭉 직진을 했지요. 거침이 없었다는 말입니다."

"거침이 없는 게 아니라 무식했던 거다."

"거침없는 겁니다."

진유검에게 눈을 부라린 전풍이 말을 이었다.

"변수가 있다고 했습니다. 물론 있겠지요. 원래 마도 영감탱이처럼 음흉한 위인들의 특징이 온갖 술수를 만들어 내는 것이니까요. 하지만 묻겠습니다, 주군. 그따위 변수가 주군의 발길을 막을 수 있습니까?"

전풍의 음성이 진지하다는 것을 느꼈는지 진유검도 나름 진지하게 대답했다.

"없다."

"예, 없습니다. 결단코 없을 겁니다. 그런데 왜 그냥 부딪치지 않고 자꾸 이리 빼고 저리 빼고 하는 겁니까? 그냥 싹 쓸어버리면 되는 것을 보는 사람 답답하게 시리."

답답하다며 가슴을 치는 전풍의 행동이며 말투가 영 괘씸했지만 애써 참았다.

"변수라는 것이 마음먹은 대로 되는 것이 아니기에 변수라는 거다. 놈들이 준비한 변수가 나를 위해 준비한 것이라면 네 말대로다. 그냥 쓸어버리면 돼. 하지만 내가 아닌 다른 사람에게 영향을 끼친다면? 가령 진호나 수호표국의 사람들, 아니면 셋째 누이에게 영향을 끼치는 것이라면 어찌 되는 거냐?"

"그거야 자기들이 알아서 잘……."

진유검이 전풍의 코를 움켜잡았다.

"전에 말했지? 파리를 피하는 건 무서워서가 아니라 더럽고 귀찮아서 그렇다고. 내가 정보를 구하고 가급적이면 이런저런 변수를 줄이고자 하는 건 그런 더럽고 귀찮은 일은 피하기 위함이다. 나와 관계된 이들이 쓸데없이 피를 흘리는 것을 방지하기 위해서고. 그런데 뭐? 알아서 잘?"

"꼭 그렇다는 건 아니고요. 흐흐흐!"

할 말이 없어진 전풍이 괜시리 웃음을 흘렸다.

"처웃지 말고!"

"죄송합니다."

"아무튼 이제 이해했지?"

"대충은요."

"대충이든 뭐든 이해를 했으면 됐어. 그러니 이제 어지간하면 입 다물고 따라와."

"알겠… 습니다."

전풍이 힘없이 고개를 끄덕였다.

대답은 하면서도 여전히 불만스런 얼굴이다.

하지만 그는 어떤 식이든 일단 수긍을 했다면 뒤를 돌아보지 않는 성격이었다.

"그런데 어디에 있는 겁니까? 그 복… 아니, 독고 형님 수하들이 있는 곳이?"

"무창대로를 따라…….."

진유검이 대답을 하기도 전, 이미 고개를 돌린 전풍은 탱탱한 엉덩이를 살랑살랑 흔들며 지나가는 기녀의 뒷모습에 시선을 고정시키며 음흉한 웃음을 흘렸다.

"흐흐흐! 그나저나 이곳도 항주 못지않은데요, 주군. 어찌 여인네들의 미색이 하나같이 이리 뛰어날까요? 향기는 또 어떻고요?"

무창에서 가장 번화한 무창대로 한복판에서 지나가는 여인네의 지분 냄새를 킁킁거리며 맡아대는 전풍의 모습은 변태라는 말 외에는 표현할 방법이 없었다.

어이가 없는 눈으로 지켜보다 더 이상 참지 못하고 제지를 하려던 진유검은 전풍에게 쏟아졌던 사람들의 비난 어린 시선이 조금씩 자신에게까지 향해지는 것을 느끼며 슬며시 몸을 뺐다.

"주군."

전풍이 진유검을 불렀다.

진유검의 걸음이 갑자기 빨라졌다.

"같이 가요, 주군."

호들갑을 떤 전풍이 진유검의 뒤로 재빨리 따라붙었다.

'아, 안 돼! 이 빌어먹을 놈아. 오지 마!'

마음속 간절한 바람은 단숨에 따라붙은 전풍이 천연덕스러운 얼굴로 어깨를 나란히 하는 것으로 간단히 무시되었다.

'젠장할!'

전풍과 자신을 동일시하는 사람들의 혐오스런 눈빛을 마주하게 되자 다리에 힘이 풀리고 말았다.

진유검은 그렇게 변태로 낙인찍혔다.

*　　　*　　　*

무창성 동쪽 외곽에 위치해 있는 의협진가.

삼 년 전부터 의협진가를 뒤덮은 암운은 아담했던 담장의 높이를 조금씩 높게 만들었고 늘 밝고 활기찼던 의협진가의 분위기를 차갑고 어둡게 만들었다.

활짝 열려 있던 정문도 단단히 잠겼고 의협진가에 출입하는 이들에 대한 경계도 철저해졌다.

그런데 오늘, 굳게 잠겼던 정문이 오랜만에 활짝 열렸다.

의협진가에 드리웠던 암운이 걷힌 것은 아니었다.

항주로 표행을 떠났던 이들과 그들이 위험에 빠졌다는 소식을 접하고 급히 지원에 나섰던, 하지만 어느 순간 연락이 끊겨 생사가 불분명했던 그들이 돌아오고 있다는 기쁜 소식을 접했기 때문이었다.

누구보다 진호의 무사귀환을 빌고 빌었던 진소영(陳素英)이 눈물을 글썽이며 달려왔고 서자긴 해도 진호를 의협진가의 유일한 핏줄로 인정하고 지지하던 대장로 허극노(許克勞)가 안도의 한숨을 내쉬며 마중을 나왔다.

그러나 진선요가 신도세가의 병력을, 진수화(陳水花)가 무창상단의 호위들을 대동하고 정문에 모습을 드러내자 분위기는 급변하여 좌중은 그야말로 일촉즉발의 상황에 놓여 있었다.

숨도 쉬기 힘들 정도로 팽팽한 기세싸움이 이어지고 있을 때 진호를 필두로 항주로 떠났던 이들이 의협진가에 도착했다.

"호, 호야!"

배다른 동생 진호의 존재를 알게 된 이후, 두 언니의 위협에서 그를 보호하며 누구보다 아끼고 사랑했던 진소영이 감격 어린 얼굴로 달려와 진호를 안았다.

진호를 한참 동안이나 품에 안고 있던 진소영은 진호가 자신의 팔을 톡톡 치자 그제야 퍼뜩 정신을 차렸다.

"괜찮은 거니?"

진소영이 진호를 품에서 놓아주며 물었다.

"예, 괜찮아요."

"많이 위험했다고 들었다."

진소영의 눈에 눈물이 그렁그렁 맺히자 진호가 약간은 과장된 웃음을 흘리며 말했다.

"그렇긴 하지만 이렇게 무사히 돌아왔잖아요."

활짝 웃는 진호의 모습에 그제야 마음을 조금 놓은 진소영이 곽정산과 유강을 향해 감사의 인사를 했다.

"고생하셨습니다, 장로님. 사형도요."

"고생이라니요. 당연히 해야 할 의무이자 임무지요. 생각지도 못한 위험이 닥치는 바람에 많이 걱정을 했지만 진호 공자께서 잘 이겨내셨습니다."

곽정산이 신도세가와 무창상단의 호위들을 슬쩍 노려보며 말했다.

"어린것이 고생했구나. 문제가 생겼다는 말을 듣고 얼마나 놀라고 걱정했는지 모른다."

진선요가 걱정이 가득한 얼굴로 다가왔다.

진호는 그의 가식적인 모습에 소름이 돋았으나 일단 답례를 하지 않을 수 없었다.

"고맙습니다, 큰고모님. 염려해 주신 덕분에 무사히 다녀올 수 있었습니다."

정중히 답하는 진호를 가만히 바라보는 진선요의 눈길은 차갑다 못해 살기까지 느껴질 정도였다.

"그렇다면 다행이고."

진선요이 입가를 씰룩이며 고개를 끄덕일 때 진호의 뒤에 서 있던 곽정산이 카랑카랑한 음성으로 외쳤다.

"그 걱정이라는 것이 정말 진호 공자님을 염려해서 그런 것이오, 아니면 원했던 일이 제대로 이뤄지지 않을까 걱정해서 그런 것이오?"

"무슨 뜻이지요?"

진선요의 눈매가 표독스럽게 변했다.

"무슨 뜻인지는 큰질려께서 더 잘 알고 계시지 않소?"

"글쎄요. 장로님께서 무슨 말씀을 하시는지 전혀 모르겠군요."

얼굴색 하나 변하지 않는 진선요의 태도에 곽정산의 언성이 높아졌다.

"모르겠다? 그렇다면 알게 해드리겠소. 장초."

곽정산이 장초를 부르자 유강이 얼른 그의 팔을 잡았다.

의협진가에 도착을 하기 전 그들은 일단은 신도세가와 무창상단의 만행을 의협진가 내에서 중도적인 입장을 취하고 있는 이들에게 알려 조용히 힘을 모으고 무황성에 사람을 보내 의협진가를 도울 수 있는 세력을 찾아보자는 쪽으로 결론을 내렸다.

그런데 진선요의 모습에 흥분한 곽정산이 이를 잊고 가장 결정적인 패라 할 수 있는 포로들을 내보일 생각을 하려 하자 유강이 말리고 나선 것이다.

[사숙!]

[무슨 말을 하려고 하는지 안다. 하지만 우리가 너무 순진했다는 생각이 드는구나. 우리가 무창에 도착하는 순간, 우리의 행적은 이미 적들에게 완벽하게 노출되었을 것이다. 저들을 봐라. 일전에 말한 대로 여차하면 우리를 힘으로 찍어 누를 생각이다. 숨겨봤자 의미가 없어.]

그렇잖아도 진선요를 따라온 신도세가의 병력이 영 마음에 걸렸던 유강은 그들에게서 느껴지는 뭔지 모를 불길한 기운에 입을 다물 수밖에 없었다.

그사이 장초가 관 네 개를 싣고 있는 마차를 끌고 왔다.

"웬 관인가?"

곽정산과 진선요, 나아가 신도세가와의 분위기가 좋지 않음을 걱정하고 있던 허극노가 물었다.

"포로들을 잡았습니다, 사형."

"포로들을?"

"예, 우리를 구하기 위해 본가에서 출발한 지원군을 공격한 놈들입니다. 놈들에게 염 사제가 목숨을 잃었고 제자들이 도륙당했습니다. 그 와중에 저 아이들만이 겨우 목숨을 건질 수 있었지요."

아직도 부상의 여파를 이겨내지 못한 곡인과 그를 부축하고 있는 노근, 하후진을 가리키는 곽정산의 입술이 부들부들 떨렸다.

"염 사제가 죽… 었단 말인가?"

연락이 끊겼기에 이미 각오는 하고 있었지만 막상 걱정했던 일이 벌어졌음을 확인하게 되자 허극노는 물론이고 마중을 나온 모든 제자가 분노하기 시작했다.

"포로를 잡았다면 놈들의 정체를 파악했다는 것이겠지?"

떨리는 허극노의 음성엔 참기 힘든 노기가 깃들어 있었다.

"그렇습니다."

"어떤 놈들이던가? 감히 어떤 놈들이 의협진가를 공격했단 말인가?"

질문이 끝나는 것과 동시에 장초의 손에서 끌려나온 네 명의 포로가 허극노의 발아래 무릎을 꿇었다.

"이자의 이름은 신도광. 천무진천 신도충의 아들로 신도세가가 암암리에 육성한 혈수단의 단주입니다. 그리고 이놈은 부단주 단웅소입니다."

장초가 분노로 일그러진 얼굴로 적사의 몸을 밟았다.

"적사라고 흑월방의 무뢰배로 혈수단의 길잡이로 나선 놈입니다. 흑월방의 뒤에 신도세가가 있다는 것은 만천하가 아는 사실입니다. 그렇습니다. 신도세가가, 다른 곳도 아닌 신도세가가 의협진가를 공격한 것입니다."

장초의 울분에 찬 목소리가 의협진가를 뒤흔들었다.

금방이라도 폭발할 듯한 살기가 진선요와 신도세가의 무인들에게 향했다.

놀라운 것은 자신들의 치부가 만천하에 드러났음에도 진선요와 신도세가 무인들의 행동이 태연하기 그지없다는 것이다.

"하아! 참으로 유감스런 일이군요."

진선요의 탄식에 곽정산은 기가 막혔다.

"유감? 큰질녀는 이게 그저 유감스럽기만 한 일이라 생각하는 것인가?"

허극노도 참지 못하고 소리쳤다.

"신도세가의 공격으로 수많은 제자가 죽었다. 그런데 단순히 유감이라고?"

"아, 아니……."

뻔뻔했던 진선요도 허극노의 차가운 눈빛을 받자 조금은

당황하는 기색이었다.

이를 지켜보던 여회가 진선요에게 쏟아지는 기세를 가볍게 무마하며 나섰다.

"조금 오해가 있는 것 같구려. 마님께서 하고픈 말은 그런 뜻이 아니었소."

"그런 뜻이 아니면 대체 무슨 뜻이 있다는 말인가? 이렇게 명백한 증인을 앞에 두고."

곽정산의 날 섞인 질문에 가만히 한숨을 내쉰 여회가 품에서 서찰 하나를 꺼내들었다.

"보름 전, 본가에서 온 서찰이오. 본가의 수치스런 일이 적혀 있기에 결코 노출되어선 안 되는 사안이나 이렇듯 큰 오해가 생겼으니 공개를 하지 않을 수 없구려."

곽정산은 냉랭한 표정을 유지하며 여회가 내민 서찰을 낚아챘다.

서찰을 읽어 내려가는 곽정산과 허극노의 안색이 수시로 변했다.

"이걸 지금 우리보고 믿으라는 말인가!"

서찰을 거칠게 구긴 허극노가 벌겋게 상기된 얼굴로 소리쳤다.

"믿기 힘드시겠지만 사실이오. 포로로 잡힌 신도광이 본가의 핏줄인 것은 맞소. 본가에서 은밀히 키운 혈수단의 수장인 것도 맞소. 그것을 부정하는 것은 아니오. 다만 보름도 훨씬 전에 그와 혈수단은 반역을 꾀한 죄로 이미 신도세가 축출된 상태요."

"닥쳐라! 신도광의 아비가 천무진천이다. 신도세가의 가주보다 더 막강한 권위를 지닌 천무진천의 아들이 반역을 꿈꾸다 축출되었다는 것이 말이 된다고 보느냐? 그런 말도 안 되는 거짓을 꾸며 본가를 기만하고 네놈들의 죄를 덮으려 하지 마라."

곽정산의 호통에 정중함을 잃지 않던 여회의 안색도 싸늘해졌다.

"말이 너무 심하군. 신도광이 신도세가에서 쫓겨나 완벽하게 인연이 끊겼다고는 해도 그래도 신도세가의 핏줄이었음은 부정할 수 없는 것이기에 최대한 오해를 풀려고 한 것이다. 결코 외부로 알려져선 안 되는 본가의 수치를 공개하면서까지. 믿지 못한다고 했나? 우리도 믿지 못했다. 다른 사람도 아니고 천무진천의 아들이 반역을 꾀했다는 사실을 어찌 믿을 수 있단 말인가? 하지만 아들을 직접 벌한 사람이 천무진천이기에 믿지 않을 수 없었다."

"하면 이번 일에 신도세가는 전혀 관계가 없다?"

허극노가 폭발하기 직전의 곽정산의 팔을 잡고 물었다.

"신도광이 신도세가의 핏줄이라는 것은 부정할 수 없으니

책임이 완전히 없다고도 할 수 없는 것. 하나, 본가의 의도는 아니라고 확실히 말할 수 있소."

"본가의 의도가 아니다? 예상은 했지만 참으로 뻔뻔하군. 신도세가의 낯짝이 언제부터 이리 두꺼워졌을꼬."

곽정산이 비웃음에 여회도 더 이상은 참지 않았다.

"말이 심하다고 했다. 더 이상 함부로 말을 하면 우리도 참지 않을 것이다."

"참지 않으면 어찌할 것이냐?"

곽정산의 전신에서 칼날 같은 기세가 뿜어져 나왔다.

"애당초 이 많은 병력을 이끌고 이곳에 나타날 때부터 알아보았다. 네놈들은 이미 일이 잘못되었음을 알고 있었어. 그리고 변명꺼리도 미리 만들어 놓았겠지. 여차하며 뒤집어엎을 생각도 했을 것이고."

"망상이 심하군. 마님께선 그저 조카의 무사귀환을 축하하기 위해 마중을 나오셨을 뿐이다. 그리고 우리 또한 손님으로서 순수하게 축하의 마음을 가지고 나선 것뿐이고. 오해에 대해선 알아듣게 설명을 했다. 감춰야 할 치부까지 들춰가면서. 대체 의협진가가 언제부터 이리 옹졸해졌단 말이냐?"

옹졸이란 말에 유난히 힘을 주어가며 입꼬리를 말아 올리는 것이 누가 보아도 도발의 모습이었다.

곽정산은 더 이상 참지 않았다.

"닥쳐라! 감히 누가 누구에게 옹졸이란 말을 지껄이는 것이냐?"

곽정산이 검에 손을 대자 거의 동시에 잔뜩 긴장하고 있던 양측의 제자들이 일제히 무기를 꺼내들었다.

팽팽한 긴장감 속에서 서로를 노려보는 양측의 무인들.

서로에 대해서 진한 투기, 살기를 드러내고 있었지만 누구 하나 쉽사리 움직이진 못했다.

"상황이 재밌게 돌아가는군."

무창상단의 호위대 속에 서 있던 한 중년인, 이화검문의 장문 오련신검이 흥미로운 눈빛으로 양측의 대치를 지켜보았다.

"차라리 잘된 일입니다. 구차하게 변명하고 말싸움을 하는 것보다는 이렇게 해결하는 것이 깔끔하고 편하지요."

혹여 무창상단이 개입한 일을 들켰을 때 어찌 변명을 해야 하는지 골머리를 싸매고 있던 진수화는 의협진가와 신도세가의 충돌에 한시름 놨다는 표정이었다.

"신도세가는 나름 제대로 된 변명을 준비했소. 말도 안 되는 억지긴 하지만 힘이 있으면 그 억지도 통하는 법이지."

가만히 팔짱을 끼고 상대의 허점을 노리고 있는 곽정산과 여회를 살피는 오련신검의 모습에선 진실된 강자의 여유가 느껴졌다.

"그런데 장로님."

"말씀하시오."

"저자가 아마 실종되었다는 우리 측 간자일 겁니다."

진수화가 마지막 포로를 노려보며 말을 이었다.

"혹여 저들의 대치가 지지부진하다 끝나게 되면 다름 차례는 우리입니다. 그리고 저자의 입에서 흘러나오는 말은 우리를 상당히 곤란하게 만들겠지요."

오련신검은 진수화가 하고 싶은 말을 금방 알아챘다.

사십에 가까운 나이임에도 아직 이십대의 미모를 유지하고 있는 진수화의 아름다운 얼굴에서 느껴지는 독랄함에 혀를 내둘렀다.

"원한다면 영원히 침묵하도록 해주겠소. 하긴, 그것이 본문에게도 편하겠군."

오련신검은 무창상단의 치부를 증명할 간자를 제거하는 것과 동시에 바스락거리는 소리만 들려도 곧바로 폭발할 정도로 팽팽히 대치 중인 의협진가와 신도세가를 충돌시킬 생각을 했다.

오련신검은 머뭇거리지 않았다.

생각이 정리되자 무릎을 꿇고 있는 간자를 향해 곧바로 비수 하나를 던졌다.

조용히 날아간 비수가 간자의 뒤통수를 파고드는 것을 보며 회심의 미소를 지었다.

이제 곧 처절한 비명이 터져 나올 것이고 그것이 계기가 되어 의협진가와 신도세가는 피비린내 나는 싸움을 벌이게 될 것이다.

누가 승리를 거두던 최후의 승자는 전력을 고스란히 보존하게 될 무창상단, 나아가 이화검문이 될 터였다.

하지만 그의 계획은 간자의 뒤통수에 작렬해야 할 비수가 갑자기 방향을 틀어 튕겨져 나가는 것으로 허무하게 끝나버리고 말았다.

오련신검의 굵은 눈썹이 꿈틀거렸다.

그는 분명히 보았다.

간자의 목숨을 취하려던 비수는 제 스스로 방향을 튼 것이 아니라 뭔가가 날아와 부딪치며 그렇게 되었다는 것을.

비수와 부딪친 것이 무엇인지는 정확하게 파악하지는 못했지만 누군가 자신의 일에 개입을 한 것은 틀림없었다.

오련신검이 자신의 일을 방해한 누군가를 찾기 위해 차가운 눈빛을 빛내며 좌중을 훑기 시작할 때 정문 쪽에서 난데없는 웃음소리가 들려왔다.

"하하하하! 이거 대단한데요, 주군. 십칠 년 만의 귀환이라고 이런 대대적인 환영을 준비하다니요."

갑작스런 상황 변화에 모든 이의 시선이, 심지어 서로의 허점을 찾아 일격필살을 노리고 있던 곽정산과 여회까지도 정문으로 시선을 돌렸다.

그들 모두의 눈에 묘한 눈길로 정문을, 그리고 의협진가의 전경을 둘러보는 진유검과 뭐가 그리 신나는지 연신 웃음을 터뜨리고 있는 전풍의 모습이 들어왔다.

따가운 시선을 한눈에 받은 진유검이 신형이 정문 옆, 담벼락으로 향했다.

고개를 숙이고 뭔가를 찾는 듯하던 진유검이 이내 환한 얼굴로 소리쳤다.

"여기 있다."

"진짜요?"

전풍이 놀란 눈으로 진유검이 가리키는 곳을 바라보았다.

담벼락엔 삐뚤삐뚤 쓰인 이름 하나가 희미하게 남아 있었다.

"대단한데요. 세월이 얼마인데. 그나저나 아무리 나이가 어렸다고는 해도 글씨는 참 더럽게 못 썼네요."

전풍의 이죽거리는 말에도 진유검은 아무런 대꾸를 하지 않았다.

그저 한쪽 무릎을 꿇고 담벼락에 가만히 손을 대며 무영도로 떠나기 바로 직전, 낑낑대며 자신의 이름을 새기던 꼬마 아이의 모습을 떠올렸다.

뭔가 모를 따듯한 기운이, 울컥하는 감정이 심장을 쾅쾅 뛰게 만들었다.

진유검이 천천히 일어나며 몸을 돌렸다. 그리곤 활짝 웃으며 말했다.

"돌아왔어."

『천산루』 2권에 계속…

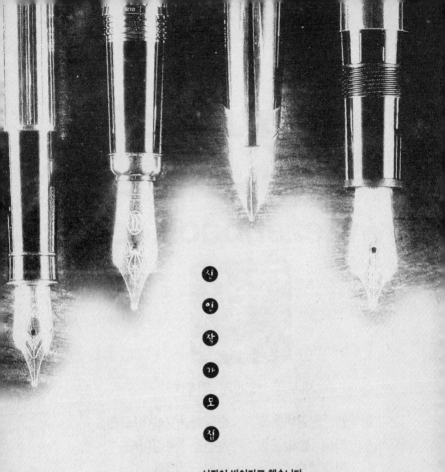

요람 新무협 판타지 소설

귀환병사

FANTASTIC ORIENTAL HEROES

국내 최대 장르문학 사이트를 휩쓴 화제작!
여름의 더위를 깨뜨리며 차가운 북방에서 그가 온다.

『귀환병사』

열다섯 나이에 북방으로 끌려갔던 사내, 진무린
십오 년의 징집을 마치고 돌아오다.

하지만 그를 기다린 것은 고아가 된 두 여동생, 어머니의 편지였다.
그리고 주어진 기연, 삼룡공……

"잃어버린 행복을 내 손으로 되찾겠다!'

진무린의 손에 들린 창이 다시금 활개친다.
그의 삶은 뜨거운 투쟁이다!

Book Publishing CHUNGEORAM

유행이 아닌 자유추구 -
WWW.chungeoram.com

수십 년 전, 용병왕의 등장으로 생겨난
왕국과 용병의 세계.
평소엔 한없이 가볍지만 화나면 누구보다 무서운,
놀고먹고 싶은 그가 돌아왔다!

하지만 바람과는 달리 과거 그의 앙숙과 대륙의 판도는
도저히 그를 놓아주질 않는데……

"용병은 그냥, 돈 받고 칼을 빌려주는 놈들이니까."

그의 용병 철학은 단순했다.

"물론, 누구에게 빌려주느냐가 문제겠지?"

도시의 주인

말리브 장편 소설

FUSION FANTASTIC STORY

말리브 작가의 신작 현대 판타지!

죽기 위해 오른 히말라야.
그러나, 죽음의 끝에 기연을 만나다!

『도시의 주인』

다시 한 번 주어진 운명.
이제까지의 과거는 없다!

소중한 이를 위해! 정의를 외친다!

Book Publishing CHUNGEORAM